文經社

文經社

文經社

文經社

文經文庫 154

人生高手

謝鵬雄 著

文經社

文經社的徽記是
「播種者」。
播種者的精神是：
辛勤播種的，
必歡呼收割。
我們以此自惕，
也和讀者共勉。

自序

做個人生高手

「楚王要射白猿，連發三矢，均未射中。而白猿露出牙齒，高聲地叫，簡直就在嘲笑他無能。楚王怒極……這時候養由基解下他的弓，慢慢調整弓弦，白猿眼睛一直盯着他的動作。突然，白猿發出哀鳴，跪下做乞憐狀……」。

原因是白猿已看出來養由基是射術高手，尚未出手，猿就怕了。你是要做楚王，還是要做養由基？

智慧，餓不能食，寒不能衣，不能保證你升官發財。但智慧使人成爲「人生」的高手。

本書，是智慧的故事。蒐集了一兩千年前的幾十位高人的言行，介紹、分析他們面臨人生重大事件，艱難境遇及微妙情境時如何對應、如何說話，以及如何不說話、不對應。每一句話，及每一個沉默，都令人怵然而驚，猛然而悟，驚悟之後久久不能自己。因爲每一個決斷都是那麼犀利，每一句話是那麼深沉，每一個反應是那麼超俗超凡，每一個思想是那麼叡智，令人覺得那麼久以前就存在的智慧，爲何到了今日不但沒有累積升高爲我人所知所擁、所使用，卻反而似乎不見了。千百年的神祕竟然未能惠及我們，我們莫非也太「不肖」了？

在「師生之間」裡面，我們希望呈現一個有血有淚、有情有意的孔子，而不是仰之彌高的聖人。孔子的人性部分，歷來太爲人所忽略了。但孔子的智慧，如常人一樣，也是在憂懼、失望、愼思，及諸學生的質疑之下成就的。他的門生，其所以追隨他，也並非全然爲了求道求學。有些是爲了借他的盛名，有的只是藉此揚名，大部分學生也希望老師重視自己而不只誇獎別人。還有的，做過官、或希望做官。在複雜的師生之間，他們的對話形成一幕幕感情、意志、與智慧相糾葛的戲劇性場面。本書希望透過這些場面追索眞假求道及智慧爲何物。

在「公私之間」，我們呈現千古以來一直存在的上司與同事之間的工作關係、人際關係、與權力平衡關係、利益關係。從中透視人在什麼樣的關係下會做出什麼事情？應該做出什麼或不做什麼？

在「人我之間」我們想追究人與人所能發生的關係樣式。人的觀念與情感千變萬化，其關係樣式也有無限的可能。在無限的可能中，我們或能尋出，關係樣式與人類情感的互動，及這互動所產生的智慧與文化。

所有的故事都有所本，並指出取材來源。這些故事能經時間考驗存活到今日，自有其人類共認的價值。但有些故事甚為簡單。為了具體呈現其意義，加入了筆者的解釋、想像、與文字。若讀者看了，有不贊同之處，至少也算引發了讀者去思索它的契機。希望不吝指教。

一九九九年春

謝鵬雄　于台北

目次

PART 2

公私之間 109

PART 3 人我之間 179

PART 1

師生之間

師生之間

稜角

名字，本來就是針對事物的屬性而起的。起了之後，名與實即成一體，那東西就不可以變成不符合名稱的東西。人若不仁，就不是人。做王侯的，若不能體恤人民行仁政，就不配做國君，任何東西都應該和它的名稱相符合，才是中庸的境界。

「老師，買到了。」

一位弟子從袋子裡拿出了五、六個觚，並排著，想讓孔子看看，他買的觚，大小是否適合。「觚」字唸「ㄍㄨ」，是周代的酒器，用來盛酒的銅器。

孔子雙目看著那些觚，良久，沒有說話，面色凝重。

買了觚回來的弟子，站在那裡，不知如何是好。他心中納悶：不過是普普通通的觚罷了，爲什麼那麼認眞地看呢？但孔子的表情愈來愈嚴肅，他不敢問他是怎麼回事。

孔子終於伸出左手，拿了一個觚，在那圓的酒器上慢慢地撫摸著，眼睛好像看著遙遠的地方，思索著一件難解的事情。

弟子終於忍不住了，輕聲問：

「老師，這些觚，可有什麼不妥嗎？」

孔子點點頭，徐徐地開口說話，他問弟子：

「你可知道，觚是什麼意思？」

弟子有點猶豫了。他本來知道觚就是酒器，但如此簡單的事情，老師怎會拿來問他？這中間恐怕還有一些道理是他不知道的。所以他不敢直截了當地回答。只用懷疑的口氣答：

「觚，不是盛酒的酒器嗎？」

「觚，是盛酒的酒器。但它不是因爲用來盛酒才叫做觚。」

「那麼它是因爲什麼才叫做觚呢？」

「要知道，觚字左邊是『角』字。觚是因爲有稜角，才叫做觚。」

「啊，原來如此，弟子懂了。」

「你懂了嗎？」

「啊……」弟子猛然警覺，自己又說話說得太早了。顯然自己還沒有懂得孔子全部的意思，後面應該還有道理。

「是的，弟子恐怕還沒懂，請老師指導。」

「你摸摸看，你買回來的觚，可有稜角？」

「這……，弟子看得出，是沒有稜角，但現在到處賣的觚，都沒有稜角……」

「是嗎？」

「是的，根本買不到有稜角的觚……」

「原來如此，可惜，可惜……」

「老師……」

「怎樣？」

「請恕弟子直言，觚不論有無稜角，都一樣可以裝酒啊，爲什麼要計較它有沒有稜角？」

「對了，這麼說，人有沒有稜角都一樣可以做人，失去方正，變得圓滑，也算是人，你的意思是這樣嗎？」

弟子慌了，他看得出孔子已經很生氣。大約，這稜角牽涉的已不只是器具的形狀的問題了。他趕快說：

「弟子愚昧，請老師開導……」

「觚是有稜角的，沒有稜角，也可以做酒器，但不可以稱爲觚……」

「是的……」

「而且，酒器本來有稜角，握在手中，撫摸著那稜角，覺得它與人的方正、事物的脈理相通，那感覺多麼好。如今沒稜角了，握著它，心中好不自在……。」

「老師……」弟子激動得快要哭出來。

這時候，其他的弟子也都聞聲紛紛圍攏了過來，大廳裡立刻站滿了人。

孔子慢慢地放下手中的觚，眼睛掃過所有的弟子，然後喃喃地說著：

「你們聽著，人若不仁，就不是人。做王侯的，若不能體恤人民行仁政，就不配做國君，任何東西都應該和它的名稱相符合，才是中庸的境界。因此，觚若沒有稜角，就不可以稱做觚。」

所有的弟子都靜寂無言，他們正反芻著剛才老師說的話。

突然，有一個弟子站了出來，他面向孔子：

「老師！」

「你說。」

「請問，觚若不稱做觚，而隨便稱做其他任何名字，又有什麼不一樣？」

「它若稱做觚，它就應該是像觚的樣子，具有觚該有的屬性。它若不叫做觚而叫做別的名字，它也必須要符合那別的名字的屬性。你懂嗎？」

「是，好像有點懂。」

「名字，本來就是針對事物的屬性而起的。起了之後，名與實即成一體，那東西就不可以變成不符合名稱的東西。」

「是的，弟子懂了。」

孔子滿意地看看衆弟子，剛才的忿怒已經消退。衆弟子也因爲學到了一個道理而覺得心滿意足。

（取材自《論語・雍也篇》）

問津

他們的道理，與我們的道理不同。人各有志，不是每人都能隱居山林，與鳥獸作伴。我們必須在人世中努力……努力改變人世中不仁的事情……。

雖然是春天，草木欣欣向榮，但孔子和他的弟子們一行人向前走，心情是落寞的。孔子曾抱著希望到楚國去談他的理想，但楚國的大夫們都不接納他的意見，他無法住下來，只好帶著弟子們離開楚國，如今要到蔡國去，看看有沒有什麼可做的事情。

孔子坐在馬車上，只覺車子顛簸著很不平穩。「唉，世上的路，怎麼這樣不平坦！」孔子低聲慨嘆。此時正在駕車的子路，聽到好像孔子說了什麼，把車停下來，問：「老師，剛才您說了什麼嗎？」

「沒有，我只是慨嘆，路爲什麼這麼不平！」

「啊，是的，我會更小心駕車。」

子路是孔子學生中最有錢的。他平日並不習慣這樣長途跋涉、駕車、御馬。他以爲孔子是在責備他駕車駕得不好，以致車子顛簸。他心中有些不平，但強自忍耐著。

突然，前面出現了雙叉路口，路分兩條。子路只好把馬車停下來。他仍然手握著韁，凝視著前方。孔子從車中探出頭來問：「怎麼了？」

「路分兩條，不知哪一條是通往渡口的。」

「那就休息一下，也好讓後面走的同學們趕上來。」

「是！」

「你要不要到那邊問問路？」

「是！」

子路是好勝的人，他本來想多觀察一下，或者能看出哪一條路是通往渡口的。但孔子叫他去問路，似乎有教他「不恥下問」的意思，他不敢不從，只好緩緩下來，把馬韁交給孔子，向田畔走去。田上，正有兩個農夫在耕地撒種。

子路從很遠的地方就大聲叫「喂！」但農夫好像沒聽到只顧做他們的事。子路只好捺著性子，再往前走，又喊一聲，農夫依然低頭做事。這一下不該還聽不到吧，子路有點生氣了：「喂，農夫，我問你……」

農夫依然不理。

子路只好捺著性子再走近，改用比較禮貌的態度：

「請問哪條路是通往渡口的？」

兩個農夫中，個子比較高的，慢慢抬頭看了他一眼，眼神中有一種不屑。子路接到了他的目光，打了一個寒顫。

那農夫慢慢把目光移開看到在遠處握著馬韁的孔子。

「那握著馬韁的人是誰？」

「是孔丘先生！」子路驕傲地回答。心想這一下你該肅然起敬了吧！哪知農夫表情仍帶不屑：

「是魯國的孔丘嗎？」

「是孔丘先生！」

「啊，你們的孔丘連怎樣到渡口都不知道嗎？」

子路覺得好像被打了一記悶棍。他一時氣忿，說不出話來，轉念這個人是渾人，不要問他，那個長得矮一點的也許講理一點。於是拱一拱手，叫道：

「這位兄台，怎麼稱呼？」

「哈哈，我們種田的，哪像你們到處招搖的人有稱呼？你要叫，就叫我桀溺吧！」

「請問，要去渡口，該怎麼走？」

「啊，渡口，你們要去渡口嗎？」

「是！」

「到了渡口又怎樣？」

「這……到渡口自然是要坐船。」

「坐船去哪？」

「去蔡國。」

「到了蔡國以後呢？」

「兄台差矣，我不過請問到渡口的路，何必盤問這麼多？」

「不是這樣說，你們若到了蔡國以後，也沒有什麼可去的地方，現在又何必去渡口？」

「兄台語含玄機，恕在下愚昧不懂，可否只指示渡口的路？」

「你隨便走吧。」

「兩條路都通渡口？」

「不知道，也許兩條路都不通。這年頭通的路也不多的。」

「兄台不肯見告，就此告別。」

「且慢！」

「還有什麼指教？」

「我告訴你一條路走，終生不必再問路，你願意嗎？」

「請教了！」

「往回頭走，上山崗，有地可耕，有果實可吃，可以不必操心渡口的路，或任何路……」

桀溺已經低著頭在播種。

子路走回來，把全部經過向孔子報告。在他想像中，孔子聽了或許會有些激動。但孔子面露微笑，意外地平靜。他說：「很好，這些人，是山林隱士，有智慧的人，說的話都有道理……」

「有道理嗎？」子路有些不服。

「不錯，有道理的，只不過，他們的道理，與我們的道理不同。」孔子凝視遠方，悠悠地說。

「怎樣不同？」

「人各有志，不是每人都能隱居山林，與鳥獸作伴。我們必須在人世中努力……努力改變人世中不仁的事情……。」

弟子們都圍攏過來，太陽快下沈入平地線下，所有的人都有一份落寞、孤寂的感覺。

（取材自《論語・微子篇》）

君子

好農夫能種出好米，卻未必能賣米，巧匠能製造好工具，即使賣不出去，他也不會降低他手藝的水準的。君子固窮，只有君子受得起困境，小人受窮就會亂來。

魯哀公四年（紀元前四九一年）孔子一行人居住在蔡國靠近陳國的邊緣。當時吳國出兵打陳國，而楚國則出兵要救陳國。楚昭王領軍來到城父地方，聽說孔子師徒在陳楚之間，就派使者去見孔子，表示希望聘請孔子到楚國來做事。孔子聽說楚昭王要聘他，心中也很高興，他認為楚是大國，只要昭王能信任他，必能有一番作為。

但是這個消息很快就被陳、蔡兩國的大夫們知道了。兩國的大夫對孔子要去楚國，感到非常的緊張。因為他們知道孔子久居陳蔡之間，對兩國的事情知道得很詳細。他們也知道孔子對他們的作爲並不贊成，因爲他們的政策，距離孔子所提倡的「王道」、「仁政」太遠了。他們覺得如果孔子眞到了楚國，而且受到楚王的重用，這對陳、蔡兩國都大大不利。說不定有一天孔子還會派楚國的軍隊來打陳、蔡。

陳國和蔡國的大夫決定阻止孔子到楚國，但如何阻止他們一時也想不出好辦法。只好派了一隊士兵去封鎖孔子往前走的路。

孔子本已整裝出發，來到陳蔡之間夜宿一宵，第二天竟發現通往別處去的路全被士兵封住了。

孔子一行人不是武裝部隊，自然無法抵擋那些士兵。弟子們也有比較衝動的主張突圍而去。但孔子勸他們沉著應變，他說：「看來士兵仍只是要把我們圍住，卻不打算傷害我們。他們若想傷害，早已打進來了。」

被困住的日子過得格外地慢。大家都有點坐立不安。只有孔子，常常靜坐冥思，有時候彈彈樂器，勸大家唱唱歌，以舒胸懷中的悶氣。一行人所帶的糧食有限，到了第三天，眼看糧食將盡，只能熬稀飯吃，勉強支持第五天，一粒米也沒有了，大家坐在那裡乾餓著。

孔子的臉色，開始有點蒼白，他一向「仁者無憂，勇者不懼」，對外敵並不害怕，但卻在危難時常會擔心弟子們的不夠堅強。他預感到如此餓下去，弟子們中間可能會出狀況。果然，日薄西山的時候，子路忍不住衝到孔子面前開口了：「夫子，我們難道就坐困在這裡嗎？」子路說話很急。

「目前只能如此。」孔子意識到子路在責備他無對策。

「老師，我們是君子吔，爲何會遭到這樣的困境呢？」

「君子固窮，只有君子受得起困境，小人受窮就會亂來。」

「老師！」

「你說。」

「我覺得我們的道理如果很好，爲何諸侯都不採用，我們的話是否也不夠完備，所以別人不肯相信？」

「如果仁人的話都使人相信，伯夷、叔齊怎會餓死？如果智者的話都讓人採納，比干怎會被殺？」

這時，孔子注意到坐在一旁的子貢，眼睛一直瞪著孔子。孔子緩緩轉過來看子貢，問：

「子貢，你也覺得我辜負了你們的期待嗎？」

「弟子不敢這樣想。但弟子以爲，老師的道理太高深、太崇高，也許未必適用於現今的社會，是否有可能把標準降低一些，務實一些。」

「子貢，好農夫能種出好米，卻未必能賣米，巧匠能製造好工具，即使賣不出去，他也不會降低他手藝的水準的。」

「是的，但不知許多學問，若不能被人採用，又不能爲自己解決困難，又有什麼用處？」

孔子意識到子貢的質疑，很尖銳，而且已碰觸到其理念的中心問題。他閉上眼睛，思索著如何向子貢解釋自己的立場。良久良久之後，他緩緩地說：

「子貢，你是否以爲我學過各種學問，應該知道應付各種困難的手段？」

「是的，難道不是嗎？」

「不是的。我並沒有很多學問。我只是堅持一種原則，一以貫之而已。」

「這個……」子貢的臉色由紅轉白，他顯然受到了相當的打擊。

這時，孔子想起了顏回。在任何場合，他知道顏回的心意和他最契合。他此時很需要藉顏回來說服別的弟子。他問：「顏回在哪裡？」

顏回就在孔子的背後，剛才的對話他已聽到了。只因顏回一向身體最弱，餓了一兩天已經沒力氣了。但聽到老師找他，他還是掙扎著站起來，走到孔子面前。

「顏回，你坐下來說說吧！」孔子體恤地說。

「是。」

「顏回，詩經上說『匪兕，匪虎，率彼曠野』，現在的我，像一隻野獸徘徊在曠野上了。還連累你們跟我受苦。你覺得我走的道路，是錯誤的嗎？」

「老師，老師的道是很高很大的。就因為很高很大，所以不能容納於天下。但我唯一的願望，是排除一切阻礙，固守老師的道。儘管諸侯不採納老師的道，正因如此，證明老師是君子，老師的道是天下的至道……」

顏回說到這裡已經上氣不接下氣，孔子舉手示意他不必再說下去。因爲這時他看見子貢和子路都以佩服的眼神望著顏回。

一場問答，不覺黑夜已過去，東方漸漸白了。

孔子對子貢說：

「子貢，你現在到城父去求楚軍來接援我們吧！」

「但是，現在天亮了，怎麼走得出去？」

「今天已是第六天，士兵也會疲倦的。況且他們以爲天亮了，反而不大防備，你正可趁機出去。」

子貢很機警地出去，找到了楚軍。第七天，楚軍便來迎接孔子。子貢心想，老師料事還是很準的，但他不承認自己有學問，只堅持「予一以貫之」一定是有道理的。

（取材自《史記・孔子世家》）

富而好禮

貧而不諂、富而不驕自然很好，不過那令人覺得貧苦的人在勉強做到不諂、富有的人勉強做到不驕。也就是說他心中仍然有著貧富的分別……如果人能超越貧富的思想，雖然貧卻自然覺得快樂，雖然富卻自然有禮，豈不是更好？

子貢在孔子的七十七位資深的弟子之間，是最有辦法的人，他曾在衛國做過官，後來又在曹國和魯國之間經商，數年之內，經營得很有錢，每次外出訪問諸侯，總是坐四馬馬車，帶著一群從人，見到諸侯時，諸侯總是以對等的禮儀接待他。由於他的外交活動頻頻，而大家都知道他是孔子的弟子，所以連帶地，也使孔子的知名度提高不少。

然而，子貢雖然春風得意，他絕不是一個市儈。他有志求道，受業於孔子門牆，日常也希望能得到孔子的賞識與器重。但他心中的這個願望，一直未曾實現。

孔子常常誇獎很多弟子，卻很少誇獎他。而且不但未曾誇獎他，還說：「回也其庶乎，屢空。賜不受命而貨殖焉，億則屢中」。意思說顏回家中一貧如洗，所以較能專心求道，子貢則不能安於天命，常常做生意賺錢，唯一的長處是料事情還能料中。

子貢覺得老師這樣把他與顏回比較，似乎不儘公平，人各有不同的長處，怎能每人都像顏回那樣住在陋巷裡挨餓呢？何況他若不經商生財，怎麼有錢到各處諸侯那裡活動、為社會國家做事？他想想有點不服氣。

這一天，子貢正往教室走，一路上他思潮起伏。突然，他想起老師曾說過：「貧而無怨，難。富而無驕，易。」他回想這句話，心中也不大贊成。富而無驕何嘗容易？

子貢想：老師從未富過怎知容易？他一路尋思，這貧和富之間的態度應當如何才算恰當呢？

子貢走近教室，已經有三個年輕的弟子在門口。他們看到子貢都恭恭敬敬地行禮。然後互相揖讓，最後因爲子貢是較年長的學長，就由子貢帶頭進入教室。

教室裡已有十幾個弟子在那裡熱烈地討論著禮的問題。子貢向孔子行禮，在自己的位子上坐下來，默默聽著他們的討論。孔子一直注意聽著每人的發言，不時以微笑鼓勵他們發言。

突然，孔子注意到子貢一直沒有說話，便對子貢說：「子貢，你的意見怎樣？」

孔子一向很少鼓勵子貢說話，因爲子貢向來就話多。孔子還曾對別人說：「賜（子貢）不幸言而中，是使賜多言也」。意思說子貢說的話常常說對了，就使子貢更喜歡說話。

孔子對子貢的多話，一向是有點不贊成的。但今天孔子竟主動問子貢的意見，子貢欣喜之餘，認爲機不可失，但他仍然故意裝出不急於發言的樣子，說：「等大家討論完了，弟子另有問題請教。」

「是嗎？何妨現在就說出來，讓大家也聽聽？」孔子說。

「是嗎？何妨現在就說出來，讓大家也聽聽？」孔子說。

「我……近來再三思索貧富的問題。我想若能貧而不諂、富而不驕，應該是最完美的境界。」

「哦，這話有點意思，你自己可覺得已經做到了貧而不諂、富而不驕？」

「弟子這幾年努力以赴，自認少有成就，是否做到，還要請老師和同學們批評指教。」

子貢說這話時心中有相當的自信，也期待著老師會誇他幾句。但是孔子沉吟不語，好像好久沒說話，子貢開始後悔剛才話說得太滿，冷汗開始冒出來。孔子終於開口了，說話很緩很慢：「說來貧富兩種際遇都經驗過的人，也只有你一人……」

子貢的身體開始微微發抖，他直覺地覺得老師後面的話會很嚴厲。果然，孔子接著說：

「貧而不諂、富而不驕自然很好，不過那令人覺得貧苦的人在勉強做到不諂、富有的人勉強做到不驕。也就是說他心中仍然有著貧富的分別……。」

「老師不是說過人要力行，努力是一種求道的精神。」

「是的，但如果人能超越貧富的思想，雖然貧卻自然覺得快樂，雖然富卻自然有禮，豈不是更好？」

子貢覺得老師的話沒有預期那樣嚴厲，卻有深一層的意思，他很快悟到自己的意見比較之下太膚淺了。是的，「貧而樂，富而好禮」的確境界更高。可見「道」是無窮盡的。他突然想起《詩經》中的那句話，他恭敬的對孔子說：

「《詩經》中有一句話：如切如磋，如琢如磨，就是這個意思了，連石匠、玉匠，磋磨一塊石頭璞玉都不斷地要求更完美的境界，何況吾輩志於仁義的人！」

「正是，正是，子貢你這想法，就有資格討論詩了。」孔子的口氣中有無限的喜悅。

子貢生平第一次感覺到，孔子毫無保留地誇獎他，就如同孔子無保留地稱讚顏回、仲弓。

抬頭望去，所有的同學們都以羨慕而崇拜的眼光看著他。子貢覺得剛才的害怕是多餘的。只要自己多思、多用心，日有進境，老師是很願意誇獎人的。

子貢自覺得自己終於在同學面前露臉了。但他隨即想到「富而好禮」這句話，立刻收斂自己，心想：得意時有禮，才是孔門弟子的境界。

（取材自《史記・仲尼弟子列傳》）

瑚璉

為什麼要一再問起人家對你的看法？你對自己又有什麼看法？或者你能不能把自己忘了。君子之所以能以德來活用別人的才識，只因心中沒有自我。聰明的人往往無法忘記自己，常常自負自己有才幹，要以這個才幹來貢獻社會，發揮懷抱……

孔子有一個弟子叫子賤。子賤本姓宓（ㄈㄨ）名不齊，他年紀不大，卻做了魯國單文地方的地方官。

子賤每天「鳴琴不下堂而單文大治」，而單文的前任地方官巫馬期在任的時候，每天天沒亮就上班，晚上星星都出來了才下班，忙碌得無暇休息，卻也沒把單文治理得多好。他看到子賤每天彈琴，就把地方治理得很好，就去請教子賤有什麼秘訣。

子賤說：「我只注意什麼人可以用，就用他。而你大概是什麼事都自己做，所以太勞累了。」

巫馬期聽了大為佩服，回去後就向很多人說起這件事。於是子賤「知人善任」的名聲傳開了，最後傳到了孔子的耳裡。

孔子聽說子賤有這樣的見識和政績，十分高興。就贊了一句：「君子哉，若人，魯無君子者，斯焉取斯？」

意思是說子賤是一個君子，也幸虧魯國君子很多，才得以把子賤教成君子。

孔子說這話的時候，子貢就在旁邊。子貢對孔子屢屢稱讚別的弟子，他是有點心病的。尤其是子賤，他比子貢年輕十八歲，當初剛來的時候，子貢也曾經以師兄的身分教過他。如今孔子也認為是魯國許多君子把子賤教成君子，那麼子貢雖是衛國的人，這教子賤的君子中，是否自己也可算上一個？

子貢很想問孔子對自己的看法如何，但他遲遲未敢造次，深怕萬一碰了釘子，會很不好受。他知道孔子一向認為他不如顏回，曾直接說：「弗如也，我與女，弗如也。」

另有一次他對孔子說：「我不欲人之加諸我也，吾亦欲無加諸人」（我不要人怎麼對待我，我也不怎麼對待人），老師卻毫不留情地說：「賜也，非爾所及也」。孔子這樣直截了當地說弟子做不到，算是很嚴厲的教訓。

子貢在諸侯間小有知名度，在孔子面前卻常常得不到贊賞，他自己相當在意。

不但如此，子貢曾經有一次和幾個同學一起說話，說得忘情了，批評起別人的過失來，卻偶然被孔子聽到了，孔子毫不假詞色地訓斥他：「賜也賢乎哉，夫我則不暇。」意思是說：「子貢你聰明得可以批評別人了，要是我，就沒有那麼多時間說這些無聊的話！」當時子貢如受雷擊，好幾天不敢仰視老師的面孔。

儘管有這些過去的挫折，但子貢是個好勝的人。老師既然稱讚子賤，他也希望問問老師對自己的評價。他終於忍不住，問：「賜也何如？」

但問了之後，他心中七上八下，側著臉，不敢正視老師。只聽孔子以平靜的聲音說：

「女，器也。」意思是說，你還不失爲有才幹。

子貢聽得懂這句話。器，意思是有才幹。但孔子曾說「君子不器」，意思是能行仁義的人，並不需要有什麼實用的才幹。所以有才幹，在孔子的評價中並不是最高境界的人。

然而子貢自我安慰，覺得能被認爲有才幹，也算僅次於君子。因此進一步又問：

「何器也？」

孔子仍然十分平靜地回答：

「瑚璉也。」

瑚璉是祭祀宗廟時，盛放祭禮的容器，器上嵌著珠玉，是很貴重的器物。

子貢聽老師談他是瑚璉，先是一喜。因爲瑚璉幾乎是器物中最尊貴的一種。他在心中反覆想著——瑚璉，瑚璉……器中之器，人才中的人才……

但他的心思又很快轉回來——瑚璉雖然是寶器，畢竟，器只是器而已，於是他又從得意回到失望、沮喪……。

在沮喪中他幾乎忘記了老師還坐在前面，周圍還有同學……突然，他意識到同學們遠遠注視著他，似乎覺得他的舉動很奇怪。

「我失態了！」子貢突然警覺，他很不好意思地看看周圍，看看老師。出乎意外地，老師並沒有對他的失態生氣，仍然溫和地看著他。他有點羞愧，輕輕地叫了一聲：「老師！」

孔子面帶微笑，徐徐地說：「子貢，不要難過。你爲什麼要一再問起人家對你的看法？你對自己又有什麼看法？或者你能不能把自己忘了。我們追求道理的人，自己是很不重要的。君子之所以能以德來活用別人的才識，只因心中沒有自我。聰明的人往往無法忘記自己，常常自負自己有才幹，要以這個才幹來貢獻社會，發揮懷抱……」

「請問老師，這樣有什麼不好？」

「這樣當然也很好，但不是最好。他能使自己有用，但不能使別人有用。這樣的人就像一個有用的器物，雖然有用，但用處畢竟仍有限……」

「老師，我明白了。」

「我就知道你會明白的。須知自己只有一個，別人有無窮無盡，必須有活用別人的胸懷，才能發揮無窮盡的力量……。」

子貢在哽咽，孔子忽地停下來不再說話。此刻師生的心思已經相通了，不再需要說話。

（取材自《論語，公冶長篇》）

伯牛有疾

人皆有死，但你我爲德行的努力是不會死的。染病是天意，與你的德行無關。天雖然折磨了你，你仍然把面孔蓋起來，不願別人爲你難過。你這種心事，就是仁的一端，堅持下去，天必佑你。

伯牛本名冉耕。是孔門弟子中很受孔子器重的一個。孔子曾把他和顏淵、閔子騫、仲弓並稱，稱許他們對於進修德行方面的努力。伯牛也一向視孔子爲其精神的導師，非常景仰。

但伯牛最近病了，得的好像是麻瘋病（《淮南子・精神訓》說）。這種病，是很可怕的。顏面、手脚、皮膚會變得乾燥，然後浮腫，最後腐爛。

同學、朋友本來都常常來探病，但自從麻瘋的症狀顯露出來以後，探病的人也少了。

因爲麻瘋是傳染病，也不忍心看到伯牛的面孔身體一天一天地浮腫，就不來了。伯牛也很不願意被人看見他那污穢的樣子。因此他想，大家不來看他，反而好，這樣他心情也會平靜一點。

但日子久了，伯牛躺在病床上，愈來愈空虛、寂寞。在淒清陰暗的房間裡，他開始對從前所學的德行、仁義有懷疑。

他想，自己如此勤於學習，努力求道，連孔老師都肯定他，而竟得這樣難堪的病，天道何在？在完全的沮喪和失望中，他逐漸對人生與世界有一種怨恨。

唯一使他能保持相當程度的理性的，是多年來孔子的教誨、所談的話，及對他的期許。

孔子常常提起當年受困於陳蔡之間，挨餓受凍的事情。伯牛尤其記得那句「君子固窮，小人窮斯濫矣」。他自覺得生病是一種「窮」，窮而不怨恨，正所以表現自己爲君子……爲此他咬緊牙根，盡量調適自己的心情。

但是他忽然想起，孔子也好久沒來看他了！莫非，孔子也怕他患的是痳瘋？

他又想回來，怕傳染也是人之常情，怎能怪老師？但老師是何等人，一向行止言論如泰山北斗，怎能和常人一樣？

伯牛覺得，什麼事都可以忍耐，就是不能忍耐遭老師遺棄。如果連孔老師都放棄了他了，他怎能相信世上還有仁義、德行、天道……？

他難免心中有此懷疑、抱怨，老師怎麼不來看他？老師曾說：「歲寒，然後知松柏之後凋也。」但老師是不是松柏呢？

佣人走進來對伯牛說：「孔老師來看您了！」

伯牛嚇了一跳，好像從惡夢中醒過來。接著他家裡的人也走進來，匆匆忙忙把伯牛移到向南的窗口躺著。

病人習慣上是靠北窗躺的。但如果遇到君王來探視就趕快把他移到南窗，使君王可以面向南邊看病人。因爲中國人以南爲尊貴，君王的坐向一定要向著南方。他們對孔子非常尊敬，所以也趕快把伯牛移到了南窗邊。然後請孔子進來。

可是孔子是很守禮節的人。所謂「禮節」，禮就是一種自我節制。孔子一看伯牛躺在南窗邊，就不敢進入房間，又繞到室外，從窗外與伯牛說話。

這時候伯牛有點自慚形穢，以被蓋住了臉，在被下發抖。孔子見狀，溫和地說：

「伯牛，我來看你了。你不願意讓人看到面孔，至少讓我聽聽你的聲音吧。」

「老師……弟子不肖，……染此惡疾……」

「不，染病是天意，與你的德行無關。」

「但是，天爲什麼要這樣折磨我……？」

「天雖然折磨了你，你仍然把面孔蓋起來，不願別人爲你難過。你這種心事，就是仁的一端，堅持下去，天必佑你。」

「但是我覺得我大概沒有希望了。」

「你若放棄了對仁義德行的信念，才會沒有希望，生病是不會沒希望的。」

「老師，我如今該怎麼辦？」

「伯牛，把你的手給我！」

「我的手……但是我的手會傳染疾病的！」

「手伸出來！」

伯牛畏怯地，把手伸了出去，只覺得一隻厚而溫暖的手握住了他的手。

「啊，老師握住了我的手，老師果然不是常人，他不怕傳染，他不怕我的病！」伯牛心裡想著，開始嗚咽。

孔子握著伯牛的手，良久良久，都沒說話，好像他的話，都在那一握之內透露出去了。

「伯牛，人皆有死，但你我為德行的努力是不會死的。你這樣的人，而有這樣的病，也是天意，你就想開了吧！」

「是的，老師！」

伯牛好像覺得剎那之間，他勘破了生死，覺得生病也不過是一種平常的災禍，對人的精神、意志、德業皆應無所損，就如老師所說，有些事理是不會死的。

孔子放了伯牛的手，伯牛知道老師要走了，勇敢地說：「弟子恭送老師！」

孔子點頭，安靜地走出門外，在門口，他回頭悠悠地說：「亡之，命矣夫？斯人也，而有斯疾也；斯人也，而有斯疾也！」

這次訣別之後，孔子與伯牛沒有再見面。但是孔子始終惦念伯牛，經常向別的弟子提起他。

（取材自《論語・雍也篇》）

薦人

其他的事，有很多是可以邊做邊學的，但政治不可以。因爲你萬一做差了，百姓受害，社稷動搖，無法重新來過。我們判斷一個人，究竟根據什麼？有人言論篤實，你也不能馬上說他是正直的人，有人外表很君子，也有人表情端莊，這些都不一定能代表那人就眞的天性仁厚。所以在這方面，你推薦一個人，一定要很愼重……。

春秋時的魯國，自魯文公以後由季氏執國政，季氏執政幾代，權勢愈來愈盛，魯國的君主反而形同虛設了。

所以那時代，大家的印象中，魯國就是季氏（亦稱季孫氏）在統治的。季氏一直要到家臣陽虎擅權，勢力才開始衰弱下來。

孔子的大弟子子路曾當過季氏的家臣，季氏相當信任他，使他有些權限。因爲他有權勢，想當官的人也常來找他幫忙。子路一向熱心助人，來的人只要不是壞人，他就代爲推薦，發揮他做爲老大哥的本色。

季氏領地之中，有一個城市，稱爲「費」。費邑（邑是城市的意思）是一個複雜的地方，一向很難治理。像閔子騫那樣能幹的人，曾經做費邑宰（宰是行政首長），也沒能治理得很完善。這個費邑的行政首長出缺了。子路想與其讓其他的政客來做，不如趕快推薦孔門的弟子來擔任這個費邑宰，比較有可能推行仁政，於是費了很大的力氣，推薦了同門的子羔來擔任。

在子路想來，子羔人品不錯，一定會努力把費邑治理好的。爲了推薦子羔而成功，子路自覺得很得意。但心想，自己舉薦孔門人才，改天老師見到他，一定會大大褒獎他的。

這個消息，很快就傳到孔子耳中。孔子聽到了這個消息，心中不喜反憂。

他憂慮，子羔實在太年輕，讀書也還很有限，智慧和人格都尚未成熟，如今驟然讓他擔當這樣的重任，可能無法勝任，最後可能會使費邑的百姓受苦，也可能害了自己。孔子覺得子路這樣薦子羔實在有欠考慮。

幾天後，子路來見孔子。他得意洋洋地向孔子報告：

「老師，我推薦了子羔擔任費邑宰，我們的同學又多一個從事實際政治的了！」

「是嗎？只怕害了子羔。」孔子冷冷地回答。

子路聞言一驚，這反應和他預想的相差太遠了。而且他雖然過去也常在孔子面前碰過軟釘子，但很少這樣直截了當地受到責備。

「老師，這怎麼會害了子羔？子羔也很高興啊！」

「子羔很高興，因爲他還不明白擔任費邑宰的嚴重性。」

「這職位誠然艱鉅，但子羔很聰明，他會全力以赴……」

「全力以赴是不夠的。」

「怎麼不夠？」

「政治，是很複雜的事情。子羔還太年輕，讀書也還太少，還不能擔任這樣的重任。」

「讀書太少，可以繼續讀啊，而且我記得老師說過：『有民人焉，有社稷焉，何必讀書，然後爲學』，子羔正是要透過爲民服務，爲社稷出力來繼續上進，這不正是老師勸勉我們的嗎？」

「你在強詞奪理，強詞奪理謂之佞，是故惡夫佞者！」

子路如受重擊！「惡夫佞者」就是不喜歡強詞飾過的人，這話太嚴重了！

這話加在他身上，使他喘不過氣來。他半晌說不出話來，一直看著孔子那冷峻的面孔。

良久良久之後，子路才恢復說話的勇氣，結結巴巴地說：「老師，我只是一番好意，以爲舉薦子羔會比任用其他的人好……。」

「要知道，政治，是主持祭祀，治理百姓的事情，不是任何人都能做的，也不能邊做邊學的。其他的事，有很多是可以邊做邊學的，但政治不可以。因爲你萬一做差了，百姓受害，社稷動搖，無法重新來過。所以在這方面，你推薦一個人，一定要很愼重……。」

「是……。」

「況且，子羔本來資質還不錯，假以時日，讓他多讀些書，多思索一些事，閱歷多了，自然會成大器，如今在他尙未成熟的時候，把他叫出去做官，使他不能再安心讀書，萬一他因做官而驕傲自滿，他的一生就此毀了，豈不可惜！」

「是……弟子當初只道，孔門弟子從政，是老師的願望……。」

「我是有這樣的願望，但願望是有原則的。如果我們的願望沒有原則，那麼與其他的政客有什麼不同！」

「弟子知錯了！」子路偷偷看了一眼孔子，覺得孔子的表情已經有些緩和了。於是覺得此時可以爲自己找個台階下去，他說：

「幸而子羔天性仁厚，爲人正直……」

「是嗎！你怎麼知道？」孔子的表情轉趨嚴肅。

「論篤是與？君子者乎？色莊者乎？我們判斷一個人，究竟根據什麼？有人言論篤實，你也不能馬上說他是正直的人，有人外表很君子，也有人表情端莊，這些都不一定能代表那人就眞的天性仁厚。子羔還太年輕，現在還未到可以判斷他的時候……」

子路這一下，不敢再說話了，他第一次感受到老師對人的仁慈中有很徹底的嚴厲。而這種嚴厲是一種求完美與不妥協的精神。

（取材自《論語・先進篇》）

從政的資格

你什麼都還未曾努力嘗試過，就說自己能力不足，這是找藉口逃避努力，等於否定了自己的生命，但你可以對我強辯，卻不能欺騙自己，你若這樣放棄，終生都會後悔……。想從政、做事業，都不是不可以，但人要自內而外，內修而達到仁的境地，外接而能忠恕，才能做事、從政。

冉求，在孔子的弟子群裡，一向並不突出。他在進修、學習、實踐方面常常顯得猶豫而不積極，這是有原因的。

原來冉求到孔子門牆裡來學習，是有目的的，因爲他就是想做官。在那個時代，既無科舉，也無考試，想做官，並沒有什麼固定的途徑可走，必須各憑本事，攀援線索，表現才能，希望能獲得機會。

而當時的孔子有些名聲，門下也有些頗有能力的弟子。冉求覺得進入孔門，會有一個可以表現自己的地方。

此外，孔子是當時詩書禮樂的權威，要做官，總得懂些詩書禮樂吧。就這樣，冉求進入孔子門牆。

但冉求在孔子門下學習了一陣子之後，有些失望。原來孔子雖也很重視詩書禮樂，但日常與弟子討論，談仁論義，完全浸淫在極理想化的「仁」、「道」、「忠恕」這些超現實的理念中，冉求覺得，這樣求學，似乎愈來愈與現實世界脫節了，怎能做官？

尤其令冉求難以忍受的是，孔子竟然一再嘉獎顏回的學習及生活態度。

然而，顏回因爲家中極貧，身體又弱，也只好「一簞食，一瓢飲……不改其樂」，他不改其樂固然境界很高，但別人身體健康，家境富裕，怎能人人都像他那樣隨遇而安？冉求想‥譬如子路，他也想做官；子貢家中有錢常常在外閒蕩，也闖出些成績來。老師爲何不指導弟子們該如何去追求事業上的成就呢？

冉求好幾次想直接向孔子請教心中的問題，但他曾經聽到孔子好幾次說：「不患人之不己知，患其不能也」。意思好像叫人專心讀書求道，不要胡思亂想，到了眞正有才能的時候，別人自然會知道你的才能……。

冉求很懷疑老師這個想法的可靠性，他覺得一個人如果一年到頭埋頭讀書，誰會知道你有什麼能力？但冉求一直沒能鼓起勇氣向孔子請教這個問題，因爲他覺得孔子一定會用「不患人之不己知……」這種話來對付他。

冉求每天鬱鬱不樂的樣子，終於被孔子注意到了。孔子問：「冉求，你最近好像有心思，怎麼了？」

冉求就是怕孔子看穿他的心思。他所以遲遲不敢面對孔子，就是因爲他覺得孔子總是能看透每個弟子的心思，在他面前想掩飾也很困難。

但是他最後仍然鼓起勇氣，對孔子說：「老師，弟子有一件事，始終想不明白，想求老師開導。」

「你說吧。」孔子的聲音和平常一樣平靜而慈祥。

「老師的仁、道、忠恕都是很好的道理，只是……」

冉求此時眼睛向孔子的面部瞄了一下，發現孔子神情嚴肅，他有點害怕了，遲疑應不應該說下去。

孔子注意到他的遲疑，簡短地說：「沒有關係，說下去。」

「只是……會不會理想太高了？」

「你好像不喜歡我的道理？」孔子問得直截了當。

「非不說子之道，力不足也。」冉求拚了命說了這句話，全身虛脫了一般。

這句話的意思是說：「我並不是不喜歡老師的道理，但我能力不足，無法實踐。」

「力不足者，中道而廢，今女畫。」孔子慢慢地一個字一個字說出來。意思是說：「眞正能力不足的人，仍然會努力去做，做到一半而做不下去了，才知道自己確實是能力不足。但像你這樣還沒做，就說能力不足而不做，根本是畫地自限，藉故不做罷了。」冉求一聽，老師的話很嚴厲，要趕快自我辯解，他說：

「老師，我的天資大概不適於探求哲理……」

「不要說了，冉求，你這樣貶低自己，就能讓自己安心不去求道了嗎？你有說這些話的時間，爲什麼不去讀書思考，努力實踐，行仁求道？你什麼都還未曾努力嘗試過，就說自己能力不足，這是找藉口逃避努力，等於否定了自己的生命，但你可以對我強辯，卻不能欺騙自己，你若這樣放棄，終生都會後悔……。」

「老師，弟子知道了，弟子可能是因急功不得，而有點心灰意冷……。」

「你可知道有一首詩曰：『唐棣之華，偏其反而；豈不爾思，室是遠而』。這詩說，我雖然想你，你卻住得太遠了。但這人如果眞的想念，怎麼會覺得遠！（「未之思也夫，何遠之地」）」

「是，弟子明白了。」

「你眞的明白了嗎？想從政、做事業，都不是不可以，但人要自內而外，內修而達到仁的境地，外接而能忠恕，才能做事、從政。你的師兄裡面，有資格從政的人還不多，你也要繼續努力。」

「是！」冉求深深一揖，久久不敢仰視。原來孔子早已知道他志在從政，但孔子對從政的資格卻那麼嚴格，使冉求羞愧於自己什麼也未學就妄想做官。

（取材自《論語・雍也》篇）

午睡

三人行，必有吾師。因爲你和兩個人在一起，如果有一個做善事，另一個人有過失，你可以摹仿那善事，但避免和另一人一樣的過失，所以說穿了，那兩個人都可以算是你的老師。我本來聽到人說什麼話，就相信他會行什麼事。今後我聽人說話，還要看看他是否行如其言。

宰予在孔子門牆中，並不是很出色的弟子。他求道的精神並不堅毅，平日生活比較懶散，常常上上課，讀一點書，就說他累了。

這一天，他又累了，就一個人悄悄地躲到一個書房去午睡。一睡，卻睡過頭了，醒來的時候，太陽已近西山，大概有下午三、四點鐘了吧。

他猛然想起這時間是他應當在課堂裡和老師同學一起學習的時間。他心想不妙，翻身而起，匆匆趕到課室。

接近課室的時候，他已聽到孔子清晰的講解的聲音與同學們討論的聲音，這種聲音一向對他構成某種壓力，今天尤其如此。

他不覺停步下來，尋思此時走進課室，要以什麼藉口解釋自己的遲到呢？

他想了一下，也沒有想到什麼好主意，只好拖著沉重的步伐，慢慢走進課室。

此時，孔子正在講話，講得非常專心，宰予想，趁老師講話不大注意他的時候，快快走到座位上坐下，也許老師忙著講解，無空責問，這就太好了。於是急急走向室內，坐了下來。

此時孔子正在講：「可與共學，未可與適道……」

宰予一聽心中大驚：

「這句話不是明明在說我嗎？」

孔子這時又繼續說道：

「可與適道，未可與立。可與立，未可與權……」

宰予的不安與驚懼一直升高，他覺得孔子在這個時候說這些話，表示可以一起研究的同學，未必可以一起走向正道，可以一起走向正道的人也未必一起卓然自立……等的話，好像有意在說他，所以每一句話都好像鐵鎚一樣擊中他的心。他低下頭，看著下面，不敢仰視孔子。

孔子的講解此時告一段落，室中暫時無人說話。在靜默中宰予直覺地感到下一個事情可能就是孔子要責問他了。他的預感，常常不幸而命中。孔子一開口就喊他的名字：「宰予……」宰予像彈簧似地一躍站起！

「老師，我來遲了，因爲有事耽擱……」

「有什麼事？」孔子的語氣平靜而冷峻。

「是！事情是……」

「你還有什麼事，是比探求仁道更重要的？」

「是……老師……只因……」宰予此時已經語無倫次。

「宰予，人都難免犯過失，過而能改，善莫大焉，但犯了過還要掩飾過失，這就愈有過了。老實說，你剛才是不是在睡覺？」

「老師，是的，弟子因爲疲倦……」

「不要再文過飾非。你可知你爲什麼特別容易疲倦？」

「這個，弟子不知。」

「因爲你心中缺乏求道的意志，不能以志駕御氣力，所以就會疲倦，就想睡覺。」

「是！」

「天天都疲倦想睡覺的人有如枯朽的木材，無法用來雕成有用的木器，又如穢土築成的牆，粉刷也無用，終會垮掉……。」

「是……」

「我也不是一定要苛責於你，你可能想，睡個午覺，也不算什麼大過失……」

「弟子不敢這樣想，弟子原以爲來得及起來上課。」

「很好，午睡也不算大過，但你錯在不認錯而企圖掩飾，這是很不好的。」

「弟子受教。」

「另外……午睡雖不算大過，但人志於學，則終生求道不懈。不懈則不倦，不倦則不必午睡。午睡是人懶散的結果。……所以不是叫你不要午睡，希望你做到不必午睡。」

「弟子明白了。」

此時孔子慢慢掃視其他的弟子，徐徐說：

「我本來聽到人說什麼話，就相信他會行什麼事。今後我聽人說話，還要看看他是否行如其言。」

宰予垂下了頭，不敢說話。孔子繼續：

「我曾說過，三人行，必有吾師。因爲你和兩個人在一起，如果有一個做善事，另一個人有過失，你可以摹仿那善事，但避免和另一人一樣的過失，所以說穿了，那兩個人都可以算是你的老師。你們可明白這個道理。」

弟子們紛紛點頭，表示明白，並看看宰予。他們知道老師的意思，是宰予犯過，也是大家可以引以為戒的老師。

（取材自《論語・公冶長篇》）

子入太廟

我事事問他們，因爲問他們，就是禮儀！知之爲知之，不知之爲不知，我不知道，不能強裝知道，所以我問了，一方面也是尊重他們是前輩。尊重前輩，也是禮的精神。

魯國，有一座太廟。太廟是祭祀魯的始祖周公旦的廟，所以每年在太廟的祭典是魯國的大事。祭典每次由最有經驗、最資深的主祭官主持。但這一年，很不巧的，主祭官生病了，無法擔任主祭。

魯國君臣，經過詳細的研議，決定接受推薦，任命孔子爲司祭官。孔子當年只有三十六歲，但門下已經有不少弟子，他已經向魯國朝野提出其禮樂治國的理念。因此很多人都已知道孔子是禮樂的權威。像太廟的祭典這等儀式繁複、場面隆重的事，沒有孔子那樣豐富的對禮的知識，是不能勝任的。

當時的魯國，除了主祭官生病之外，也還有許多在太廟裡服務的祭官。他們工作多年，也有一些儀式上的知識，眼看主祭官生病，上面就派來了一位從來沒有進來過太廟的人來司祭，還要對他們發號施令，很多人心中並不愉快。他們也很懷疑孔子這人年紀輕輕，雖說是禮樂權威，究竟對太廟禮儀能懂多少。於是他們個個抱著一看究竟及看笑話的心情，等待著孔子來執行。

不久，祭典的籌備工作開始了。孔子一早就衣冠整齊，來到了太廟。不用說，這是他第一次進入太廟。所以他小心翼翼，一步一講究，非常恭敬地走入太廟。老祭官們都瞪大了眼睛，等待孔子發出第一個命令。但出乎意外地，孔子沒有發命令，沒有任何吩咐，他開始訪問這些老祭官。

老祭官，在過去各有所掌管的任務，他們分別擔任繁複的儀式中的一小部份，多年來已做得很熟練。孔子很謙虛地訪問他們每一個人，向每一個人請教過去這些儀式的各部份都是怎樣進行。老祭官們想不到孔子會這麼謙虛來請教，都反而覺得不好意思，只好也客客氣氣把從前的做法告訴了孔子。

孔子從早到晚訪問每一位祭官，到傍晚才回家，第二天又是這樣做，一連做了好幾天。

老祭官們中間開始有人說話。他們認爲孔子原來什麼都不懂，所以每天訪問幾個老祭官，把過去的做法都問了，將來他就會照著所問出來的答案做，裝成他本來就知道的樣子。這人好陰險啊！老祭官們後悔告訴孔子太多了。他們紛紛對外發言，說孔子什麼都不懂，在太廟裡每事都問老祭官。

孔子不懂禮儀的謠言傳出去了，連孔子的推薦人都聽到這些話，心中開始有點緊張。

他開始想：如果孔子眞不能勝任，這件事情可是嚴重得很。他想來想去，只好去找子路商量。子路姓仲，名由，字子路，是孔門大弟子。他只能找子路商量對策。

「令師怎會無知到在太廟裡每事都問別人？」

「我也不知道，家師應不至於什麼都不懂，但他事事都問老祭官，的確給人以看輕他的藉口。我們一起去見見我老師吧！」

就這樣，兩人一起來見孔子。子路首先掩不住激動的心情，對孔子說：

「老師，外面有很多人在毀謗您！」

「哦，怎樣毀謗？」

「他們說，老師什麼也不懂，每事都問老祭官！」

「是嗎？」

「老師，您是不是什麼都問他們？您爲什麼要問他們？您是最懂禮儀的人啊！」

「不錯，我事事問他們，因爲問他們，就是禮儀！」

子路與推薦人都楞了半晌，說不出話來。孔子的回答是那麼簡短有力，充滿自信。良久，子路才恢復過來，繼續問：

「老師，您若知道祭祀的儀式，何必還要去問他們？」

「我問他們從來都怎麼做，這是我不知道的。」

「老師不知道？」子路很難接受老師連這也不知道。

「是的，由，我告訴你，知之爲知之，不知之爲不知，我不知道，不能強裝知道，所以我問了，一方面也是尊重他們是前輩。尊重前輩，也是禮的精神。」

「老師問了，請問老師到了大典那一天，是不是就照他們說的那樣做？」

剎那間，一絲詭異的笑意閃過孔子的表情。孔子說：

「若是合乎禮儀的就會照做。」

「這麼說，也有不合乎禮儀的？」

「所以要問，正是爲此。」

子路與推薦人，至此才明白孔子的用心，他們很放心地辭別了孔子而去。

孔子經過詳細考究，把從前的儀式中不合制度及不合禮儀精神的部份刪除，另加上了禮儀上不可缺少的部份。大祭之日，典禮在莊嚴肅穆的氣氛中進行，每一個動作、細節、音樂都合乎禮的精義與敬的傳統。

所有的人，都至此才了解孔子所追求的禮樂的理念，是莊嚴、和諧而有很高的精神內涵的。子路更是高興極了。

（取材自《論語・八佾及爲政篇》）

無慾則剛

爭勝是所有慾望中最不好的一種。人做學問，原爲追求眞理，但一旦剛愎自用、負氣爭強，常常就會爲了在口舌上壓倒對方而犧牲眞理。所以好勝爭強，比貪圖錢財還要有害。眞正剛的人，是心中無慾的人。

孔子門牆中有許多弟子，在追隨孔子學習一陣子之後，名氣較響亮的，往往就有機會被請去當官吏，或富家的老師。他們本來在孔子門牆裡，都盡量做到淸心寡欲，專心於學習。但一旦離開了孔子去做官吏之後，由於環境複雜，周圍必須應付的人太多，又有許多物質上的誘惑，就很難保持原來的心境了。有些本來相當方正不阿的弟子，涉足官場之後，也與官僚們妥協，失去原來的剛毅。爲此孔子常說：

「吾未見剛者」。

有一天，孔子在上課之後，又忽然發感慨，說：「吾未見剛者」。弟子們就說：「申棖不算剛毅嗎？」孔子卻斷然地說：「棖也慾，焉得剛？」意思是說申棖慾望太多，怎能剛毅得起來！

申棖，是魯國人，字子周，這時候年齡只二十三歲，是孔門弟子中比較年輕的一群裡面，較爲出色的。《史記・弟子傳》中叫他申黨，在別的文獻裡，他又叫申堂、申棠、申儻等等。

申棖，在年輕弟子群中一向人望好，只因他個性剛強，敢說敢當，即使是面對年齡、資格較長的學長，他也敢爭辯、爭論，毫不讓步。所以年輕的弟子們，有的覺得他能爲辯析眞理而不退讓，有的覺得他能不畏懼年齡大的學長是敢作敢當，對他有些崇敬。況且他向來對官位或金錢等都表現得很淡泊，所以孔子突然說「棖也慾，焉得剛？」弟子們都有些不服氣，面面相覷。

其中有一個膽子比較大的猶豫了一會，終於向孔子提出質疑：「老師，像申棖這樣，也算有慾望嗎？」

「他沒有慾望嗎？」孔子反問。

「我們覺得，他好像對金錢很淡泊……」

「哦？」

「當然沒有顏回師兄那麼淡泊，但是他一向不很贊成賜師兄（子貢）那樣賺錢……」

「賺錢，若是循由正道賺，也沒有什麼不好。」

「是的，但他連賺錢都不屑，怎會有慾望？」

「慾望，有很多種類，有些人貪圖權位、有些人貪圖錢財，還有一種人慾望爭勝。」

「爭勝也算慾望嗎？」

「爭勝是所有慾望中最不好的一種。人做學問，原爲追求眞理，但一旦剛愎自用、負氣爭強，常常就會爲了在口舌上壓倒對方而犧牲眞理。所以好勝爭強，比貪圖錢財還要有害。」

「是！」

「這種爭勝的慾望常常深植心中，表現出來時總顯得理直氣壯，人們很容易誤以爲那就是剛毅了。其實剛這種德性，不是對他人爭強的意思，而是制勝私慾的意思。人若自己的倔強都無法克服，如何能稱爲剛？」

「這麼說，仲由師兄（子路）也不能算剛了？」

「眞正剛的人，是心中無慾的人，譬如顏回，他終生不貪圖什麼，除了求道之外，什麼都不要，所以他能剛毅堅定，始終如一。」

「要做到無慾，好像也很難。」

「正是很難。不過，你若一旦超脫乎所有的慾望之外，就會發現不但能很剛毅，而且沒有束縛，自由自在，這種境界，也是很難得的。」

孔子說完，凝視遠方，好像不勝感慨。弟子們也被他的感慨感染了，大家默然想著那沒有束縛的境界。人眞能達到沒有束縛的境界嗎？他們想。

「當然……」孔子的帶磁性的聲音打破了靜寂。

「當然，申棖以他的年紀，就能不貪圖富貴權勢也是很難的。」

「這麼說申棖還是可取的？」

「每人都有他可取之處，你們在這方面倒要學學他。但不要學他那好強爭勝的心理。」

「如果說，申棖把他的好勝改了，是否就剛了？」

「不錯，無慾則剛，不在話下。但所謂改，並不指改態度，而是說，把心中那好勝的慾望改掉……」

「好勝的慾望……？」

「是的，好勝的慾望，同時也是人的最難改的慾望。人在放棄了對各種有形的物質的慾望之後，通常還會有好勝的慾望，這慾望也改了，就幾乎沒有阻礙了。」

弟子們又陷入沉默。他們開始覺得，人要剛，眞是談何容易。

（取材自《論語．公冶長篇》）

回拜陽貨

出乎意料地，孔子卻淡淡地說：「諾，吾將仕矣！」表面上好像是接受了陽貨的勸告要出來做官任事了，但仔細想想，他也沒說要爲陽貨做事，也沒說要去那裡出仕，也沒說什麼時候出仕。

陽貨是季氏的家臣，而季氏是魯國的大夫。季平子在世時陽貨便在季氏家中做事。季氏一向在魯國很有勢力，季桓子繼承了季平子之後，陽貨更設計使季平子在魯國專政，而他自己則在季桓子手下實際上掌握政權。

陽貨雖然精明能幹，擅長權謀，但專政之後卻也很怕社會賢達議論他的不是。尤其是孔子，既不做官，也不逢迎有權者，常常和學生們議論治國理念，談論仁義禮樂。陽貨始終覺得孔子可能並不贊成他的作爲。他覺得爲了鞏固自己的地位，最好能把孔子這種有賢名的人拉攏成自己的黨羽。於是他千方百計想和孔子套交情。

但孔子這時候已經五十多歲了，歷經許多挫折與失望，也已對出仕不感興趣，專心研究詩、書及禮樂治國的理念。所以陽貨屢次派人致意，表示要與他見面，孔子每次都未作正面回應。

但陽貨是很不簡單的人，他想你避不見我，我若送你一個禮物，你總要來我家向我道謝吧！

於是陽貨命令家人趁孔子不在家的時候，送了一口蒸豚去給孔子。

孔子回家後看到那口蒸豚，心情異常沉重。他覺得自己被陷入了一個陷阱，因爲他未曾在家中拜受禮物，依照「士」與「大夫」間的禮節，「大夫有賜於士，不得受於其家，則往拜其門」，如今孔子依照禮的規矩，必須到陽貨家去拜謝。孔子是禮樂的專家，自己當然不能失禮。但到陽貨家勢必被陽貨套上交情，這是他一直想避開的事情。

經過一番熟思，孔子有了一個妙計。他想陽貨趁自己不在派人送蒸豚來，自己也可以趁陽貨不在家時去拜謝，這樣不會見到面，豈不是好。於是他派人到陽貨家門口去查看動靜，使者回來說陽貨出門了。孔子匆匆上車，直奔陽貨家。

陽貨果然不在家，孔子向陽貨的家人說明來意，便即告辭，陽貨家人留孔子坐一會兒，等待陽貨回來，但孔子說不便久留，便出來了。孔子以爲一切都如計畫般順利，那知，回家路上，便遇到了陽貨！

原來聰明的陽貨早已料到孔子會趁他不在家時來訪，因此他出門是假的，在路上打了一個轉，立即回家，果然在路上碰個正著。

陽貨遙遙看到孔子的車，就先下了車，等待孔子。孔子也只好下車，與陽貨行禮。

陽貨很友善而又很熱情地邀請孔子再度折回其家。兩人於是回到了陽貨家，陽貨說了許多一向仰慕孔子的話，孔子只漫然回應，但是陽貨並不就此罷休，他見和孔子說話說不進去，立即變換了比較厲害的口氣，問孔子：

「懷其寶而迷其邦，可謂仁乎？」意思是說，有一種人胸中懷有很好的學問，卻不肯出來挽救國家的迷亂，這樣的人可以算得上有仁心嗎？

孔子當然知道陽貨指的就是他，但他冷冷地答道：「不可。」

陽貨繼續問：

「好從事而亟失時，可謂知乎？」意思是說有人本來也樂於辦理國家政事，但卻屢次不能把握時機，這人也算得上有智慧嗎？孔子又答：

「不可。」孔子順著陽貨的問，表面上好像一步步把自己逼到無退路的地步。但孔子心中想，和陽貨這種人多辯無益，他問問題，自己只要照一般的見解回答就行了，反正自己下定決心絕不爲陽貨做事就是了。

陽貨一聽，覺得自己的話問得孔子無法反駁，立即又說：「日月逝矣，歲不我與！」意思是說歲月過去得很快，有心人應該把握時機啊！

出乎意料地，孔子卻淡淡地說：「諾，吾將仕矣！」

孔子這句話表面上好像是接受了陽貨的勸告要出來做官任事了，但仔細想想，他也沒說要爲陽貨做事，也沒說要去那裡出仕，也沒說什麼時候出仕。陽貨有點不知如何接下去。

這時候，孔子從容地站起來向陽貨告辭。他對陽貨的禮數已經盡了，他可以離開了，陽貨挽留他共進午餐，但孔子婉辭，很堅定地走出陽貨家。

陽貨送走孔子，心中明白，孔子是不可能成爲他的黨羽了。他雖然是很有辦法的人，但對孔子卻也沒有什麼辦法。

（取材自《論語・陽貨篇》及《孟子・滕文公篇》）

弦歌

文王死後，天下的道理都傳到我這裡來了，天若是要斷絕天下的理，就不該讓我得到這些理。若是不斷絕天下的理，那就不會讓匡人來害死我的。

孔子一行，就要離開衛國，到陳國去。在衛國的邊緣，有一個城邑叫做「匡」。正坐在馬車前趕車的顏剋，對這個城邑是有點愧疚的。當年，也就是定公六年（紀元前五〇四年），季氏家臣陽虎入匡，顏剋曾與陽虎一起從城牆的缺口進入。當時陽虎進城以後曾掠奪城民的財產，拘禁城內的婦女。爲此，匡人至今一直懷恨陽虎。

孔子從車窗眺望外面，突然問：

「當年陽虎作亂，逃命國外。入侵匡邑，你也和他一起的？」

「是的，我雖然和他一起，但事出無奈，我可沒有胡作亂爲……」顏剋趕快爲自己洗刷。

「是嗎？」

「夫子，你一定要相信我，所以我後來得到機會，就趕快離開了陽虎。」

孔子沒有說什麼。知過能改，善莫大焉，他想即使顏剋眞做什麼壞事，他如今既已悔改，何必責備他？

一行人進入城門，住進旅舍，安頓了下來，一切好像平靜無事。但吃過晚飯後，門外突然有些嘈雜聲。有幾個弟子覺得奇怪，到門口去看了一下，發覺旅舍的周圍圍著很多人，門口有武裝的兵士守著，不讓民衆進來。

一個弟子走近兵士問他：「什麼事？」兵士冷冷地看了他一眼，並不回答。弟子覺得有點怪異，又問了另一個兵士，這個兵士，也不回答，揮手叫他趕快進去。

弟子急急回到旅舍中來，向大家報告外面的情形。大家都覺得奇怪，但總以爲和自己是沒有什麼關係的。

突然，外面響起了一陣喧嘩聲，有一個人以刺耳的聲音說：「他就是陽虎，千眞萬確，當年我親眼看見陽虎殺人的！」

「不要衝動，是不是陽虎，我們正在調查，反正我們的士兵守在這裡，是不是陽虎都不可能走掉，你們不要胡鬧！」答話的人好像是士兵中的隊長。

「他就是陽虎！替他駕車的就是顏剋，我看得淸淸楚楚還調查什麼，我們今晚就要找他們報當年的仇！」

「不行，上面命令叫我們守著，不准任何人進去！」

接著有一陣喧嘩聲和呼喝聲，吵鬧一陣之後，好像群衆漸漸被軍隊驅散了，外面恢復了安靜。

孔子一行人，大家至此已完全明白，因孔子面貌酷似陽虎，又由顏剋駕車，所以匡的民衆要來尋仇。當下有人主張走出去表明身分，也有人主張等待他們調查，終會水落不出。意見紛紜，莫衷一是。最後孔子說了：

「大家安靜睡一晚，也許明天就查清楚了。」

「可是顏淵走在後面，現在還沒到，恐怕要派一個人出去接他進來！」

「不必了，顏淵會自己想辦法的。」孔子說。

「但萬一他自己走不進來呢？」

「走不進來也好，也許此時他在外面比在旅舍內有用處。」孔子說完，示意大家睡覺。

第二天、第三天，調查的結果遲遲未到。弟子們曾向兵士隊長表明他們是孔子及門徒，但隊長說他們奉命等調查的結果，不能聽信其他人的話。門口仍常常有暴民來喧嘩，每次也都被擋回去。

在狐疑不定中到了第四天。弟子們都有些恐懼了，他們問孔子，在這樣狀況下，有什麼可爲之事，一直靜坐著的孔子突然抬起頭來說：

「有的，把樂器拿過來！」弟子們都一楞，怎麼老師在這種時候還有心彈琴？

孔子手撫琴弦，慢慢地奏出他平日最愛的「韶」。孔子是大音樂家，精通音律的理論與實際，周遊列國時常談起「禮樂治國」的理念，也常教學生唱歌。但弟子們沒想到此刻孔子會唱起歌來。

慢慢地孔子和著琴音唱起來，子路鬆了握著的劍打拍子以和。衆子弟也圍攏過來，照平時合唱的方法唱起來了。歌聲愈唱愈大，漸漸溢出室外，周圍瀰漫著一種典雅和諧的氣氛……。突然外面有一個強有力的聲音說：

「此人果然是孔丘先生！」

「你怎麼知道？」

「除了孔先生之外，無人能奏這樣的音樂，唱這樣的歌！尤其陽虎絕不會唱歌！」

「對了，我也覺得唱歌的人必是孔子和他的學生。」另有人附和，接著又是一群喧鬧。鬧了一陣之後，有七、八個人走進來的聲音，他們是隊長和剛才說話的幾個人。他們向孔子一鞠躬，溫和地說：

「不知是孔先生來到，太失禮了，如今已查明先生不是陽虎，特來道歉……」

此時顏淵也從外面走進來。孔子一見，高興得站了起來迎向顏淵：

「顏淵，你回來了，我還以爲你在外遭到意外！」

「夫子還在，弟子怎敢先死，倒是弟子在外也擔心……」

「擔心我會有意外？」

「是……」

「我不會有意外的！」孔子很嚴肅地說。

「爲什麼？」子路問。

「文王死後，天下的道理都傳到我這裡來了，天若是要斷絕天下的理，就不該讓我得到這些理。若是不斷絕天下的理，那就不會讓匡人來害死我的。」孔子的表情充滿自信。弟子們看著他，重新拾回這幾天幾乎要失去的信心。

（取材自《論語·先進及子罕篇》）

夫子論音樂

大凡音樂開始時，演奏者把音合了，合了就會和，連聽衆的心都會和進去，這樣音翕合以後，各種樂器的音、高低的音和合著卻各自清楚地奏出有特色的音，連綿不斷，絡繹下去，最後悠然而住，音樂便已完成了。它是渾然的一體，中間容不得一絲邪念。

孔子是一位非常醉心於音樂的人。他在三十五歲時第一次在齊國聽虞舜時代的「韶樂」，由於精神太投注，聽後三個月內，吃到肉都不知道肉是什麼滋味。他自己慨嘆說：「不圖爲樂之至於斯也。」意思是說，沒想到音樂竟能這樣感動人！

從此孔子一直堅信音樂是人類文化中最可貴的事物，音樂能純人心，正風俗，助教化，臻太平。他的禮樂治國的觀念，也成爲一生努力的目標。

後來他在魯國仕官，擔任司空的職位。魯國有一個樂團，樂團的團長叫大師，樂團負責在祭祀慶典時奏樂，平日也常公開演奏，而孔子對於這個樂團，鼓勵協助不遺餘力。

孔子對樂團的熱心鼓勵，原出於好意及熱心，但魯國樂團的大師卻爲此覺得很緊張。皆因大師領導這個樂團很多年了，一向演奏很順利，不論是配合祭祀慶典，或只爲欣賞，都有各種樂曲應景，這些樂曲大家幾年來演奏得很純熟了，從沒發生過什麼問題。但孔子來了之後，常常發表一些音樂的理論，使樂團的人聽了之後不甚了解，卻好像覺得那理論很高，高過目前他們演奏的內容及技術。因此每人心中有一種茫然的不安和困惑，不知道孔子是否不滿意他們的演奏，還是他們的演奏有什麼問題。就連做爲樂長的大師也難免有此疑慮，忐忑不安。

自從孔子來了之後，樂團演奏過三次了，三次的成績都比從前差。

雖然別人並沒有發覺，但大師知道以孔子對音律之精通，他是早已發覺的。但孔子始終並沒有就這件事指責過他們，這使大師更加惶惶不安。不知道孔子到底在想什麼。

今天，大師又指揮樂團演奏而差點發生重大的錯誤。錯誤的發生，是在他的目光觸及孔子的眼神時，爲孔子那鎮定而肅然的眼神所威壓，差點指頭發生誤差。演奏完畢後，大師愈想愈氣，終於他決心要去面對孔子，徹底解決這個困境。

大師請求面見孔子，孔子很友善地請他入座。大師對孔子說：

「我今天演奏時，差點發生錯誤，想必夫子已經覺察？」

「是的，我發覺了。」

「敢問夫子，是否覺得我們的樂團不夠好？」

「不，這個樂團是很好的樂團。」

「眞的？」

「眞的。」

「那麼，問題在什麼地方？」

「大師認爲呢？」

「我就是不知道，也許夫子能夠指點！」

「哦……」

「夫子來此之前，我們的樂團已演奏了多年，個個技術純熟……。」

「大師……」

「是！」

「大師可知演奏音樂的基本精神是什麼？」

「不知。」

「音樂，與詩歌一樣，精神在思無邪。」

「何謂思無邪？」

「思無邪就是演奏時心中不能有邪思。」

「邪思？我們絕對沒有邪思！」

「你在演奏時好像常常抬頭看我？」

「這……」

「這是爲什麼？」

「這……是因為我知道夫子精通音律，深怕夫子對我們演奏的方法、技術會不贊同！」

「這種瞎猜便是邪思。」

「啊？」

「須知演奏，必須出自至誠。你誠心演奏，誠心便會透過樂音感動人，即使技術稍差一點也沒關係……。」

「啊！」

「但你心中老想著別人會不贊成，你先就不贊成自己了，如何能專心？」

「敢問該當如何？」

「你摒棄一切雜念，誠懇地演奏……。」

「只這樣？」

「樂其可知也，始作翕如也；從之，純如也，皦如也，繹如也，以成。大凡音樂開始時，演奏者把音合了，合了就會和，連聽衆的心都會和進去，這樣音翕合以後，各種樂器的音、高低的音和合著卻各自清楚地奏出有特色的音，連綿不斷，絡繹下去，最後悠然而住，音樂便已完成了。它是渾然的一體，中間容不得一絲邪念。」

「是的，我會仔細思索夫子的話。」

「音樂如此，人生也何嘗不如此，爲政也是如此。音樂，實是天下萬物的象音。」

「原來如此……。」

「人若能愛音樂，喜歡演奏，便走入人世的仁義裡去了。」

「啊，夫子高論，眞是聞所未聞。」

「你們的技術已很好。但當知音樂，是以和諧爲目標，不能有雜念，有雜念就會有雜音……。」

「弟子懂了。」

「很好，我們隨時可以再討論。」

大師走出去，面上有聞道的光輝。

（取材自《論語・八佾篇》）

犁牛之子

犁牛之子騂且角，雖欲勿用，山川其舍諸？這麼漂亮的牛，你想不用牠，大自然也不會放棄啊！小牛自身漂亮就好了，牠的父親是耕牛沒有什麼關係，人自己好就好了，他的父親怎樣是否也沒關係。

孔子也常常會稱讚弟子。譬如他稱讚顏回、稱讚仲弓都使用相當的措辭，贊譽他們。孔子稱讚弟子，通常是有多重用意的。一方面透過稱讚鼓勵上進的學生，另一方面也以稱讚上進的學生來激勵比較不上進的學生。但是這樣做，效果也並不常常是正面的。

孔子不止一次稱讚仲弓，說「雍也，可使南面」。這個稱讚是很高的讚美，意思是說仲弓讓他做面向南邊的帝王都能勝任了。弟子們都覺得「仲弓有這麼好嗎？」

不談弟子們對仲弓的嫉妒，就是仲弓自己，聽到老師如此稱讚他，也自己覺得不大好意思。他也想到：老師會不會只是藉故讚美，事實上是想敎他應該再努力些？

他又想到有一位同學名叫子桑伯子，性格和自己很像，也是生活簡約、寬懷大量、不拘小節，但老師爲什麼從來不稱讚這個同學呢？仲弓有一天打定主意要問孔子有關子桑伯子的事情。

他心想，只要老師對子桑伯子評論幾句，他就可以從中了解孔子對子桑伯子的看法，順便也可以知道老師對自己的看法。他找到了一個孔子獨坐的機會，向前行禮，並請敎子桑伯子這個人如何。孔子卻只淡淡地說：

「可也，簡。」意思是子桑伯子行爲簡約，還好。仲弓有點失望，老師爲什麼不肯多批評幾句呢？於是他不死心又進一步提出自己的意見：

「子桑伯子如果行爲恭敬、思慮周密，然後以簡約大方的態度待人原也很好，但他自己思慮就很簡約，又待人簡約，這樣是不是太簡單了？」

孔子看了一下仲弓，仍然淡淡地說：「你的話很對。」然後就不說話了。至此仲弓不便再追問下去，只好結束談話。但自此仲弓更加謹愼，不敢因爲孔子誇獎他而自滿。他想，孔子連子桑伯子都只說他「還好」而已，對自己只怕也是只覺得可以多加讚賞以爲鼓勵而已。

但其他的同學可不這麼想，他們很不服氣孔子那樣誇獎仲弓。於是有一天同學們集體對孔子說：

「雍也，仁而不佞。」意思是說：仲弓雖然行仁，但口才不好，恐尙沒資格做南面的帝王。孔子聽到了這個話，以凌厲的口吻說：

「口才好，有什麼用處？用口才去和人辯難，徒然引起憎恨。仲弓仁不仁我還不知道，但沒口才有什麼關係！」

弟子們見孔子不高興了，個個都後悔說了仲弓的壞話。雖然如此，同學們仍然嫉妒仲弓，他們在仲弓身上找不到什麼毛病，就拿仲弓的父親做文章。原來仲弓的父親出身微賤，行爲粗鄙，同學們正好拿他的父親來譏笑仲弓。仲弓並不介意別的同學拿他的出身來譏笑他，他自覺得自己好就好了，父親如何，不是他能改變的。

孔子屢次聽到同學們拿仲弓的父親來嘲笑仲弓，心中很不以爲然。有一天，風和日麗，孔子特別把這常常嘲笑仲弓的同學集合起來，說要帶他們出去郊遊。孔子寓教於樂，帶同學出去看看外面，聽聽百姓的聲音，也是很常有的事情，幾個同學，就很興奮地跟著孔子出去了。

時值春季，郊外綠意盎然，有牛在草原上吃草。大家一路走下去，看那些牛，都是普通的耕牛，膚色不好看，角也長得不整齊。但走著走著，大家看到了一隻小牛長得很好看，皮色赤紅，在陽光下閃閃發光，頭上的角，均勻而整齊，十分美麗。

「好漂亮的牛！」有一個同學叫了出來。

「是啊，這地方怎麼會有這樣漂亮的小牛！」一羣同學看到漂亮的牛，都興高采烈，紛紛指指點點。

「那對角，你們看，將來長大了一定又大又堅硬！」

「是啊，好一頭牛！」

「這麼漂亮的牛可派上大用場！」

「可惜！」這時候孔子開口了：「牠的血統不好，牠是耕牛生的！」

「什麼？」同學們都呆住了。他們從來沒聽說過牛還講究血統的。他們心想，老師今天怎麼挑剔起牛來了。其中一個同學不明就裡，就脫口而問：

「老師，小牛這麼漂亮，牠的父母是普通的耕牛有什麼關係？」

一剎那間，孔子笑了，笑得很開心。他看著那同學：

「你也這麼認爲嗎？」

「是的，老師不這麼認爲？」

「我當然也這麼認爲。」

「但老師方才說……」

孔子搖搖頭，嚴肅地說：

「犂牛之子騂且角，雖欲勿用，山川其舍諸？這麼漂亮的牛，你想不用牠，大自然也不會放棄啊！」

「啊，原來老師前面的話是試我們的！」

「對了，我再問你，小牛自身漂亮就好了，牠的父親是耕牛沒有什麼關係，對不對？」

「是。」

「那麼人自己好就好了，他的父親怎樣是否也沒關係？」

「啊，老師，我們知道了，我們不該老談仲弓的父親……」。

所有的同學都感到自愧低下了頭。

孔子沒再說話，他看看同學們，說：「我們今日郊遊，因看到了漂亮的小牛，學習到了很多道理，現在回去吧。」

師生們默默地走上歸途，大家心中都在回想那頭漂亮的小牛。

（取材自《論語·雍也篇》）

子路言志

子路終於明白，自己與顏淵的抱負，都是以自我爲中心的抱負。希望有車、有馬、有衣服，希望分享朋友，希望不誇耀自己的本事……這些，都是心中老想著自我的結果。但孔子的抱負是以對方爲主體的，是無我的。對方是老人，就希望讓他們得到安養，對方是朋友，就希望能互相信任，對方是小孩，就希望能愛惜他們。這是心中只有別人的想法。

子路，是孔門弟子中，年紀最大，也跟孔子學習很久的一個弟子。孔子一向很喜歡子路，但也很不放心子路。

子路年紀大，只比孔子小九歲，而且性情有些剛愎，所以孔子對子路也通常不願意像訓誡年輕弟子那樣直統統地訓誡。

換句話說，孔子對子路平常盡量保持某種程度的客氣，使他面子上不會太難堪。

但子路年紀大，也有些閱歷，做過官，也比較有錢，所以平日難免自負些。孔子正是不放心他這一點。

子路的另一個特點是他雖然年紀大於其他的弟子，但活力充沛，很有實踐的氣力。凡事見是對的，就勇往直前，不遲疑地做下去。但是做下去的結果，也可能因爲中間缺乏反省而把事情做向與原先目標不盡相符的方向去了。這是孔子另一個不放心子路的原因。

正因孔子內心充滿善意、意志堅定，而且肯努力實踐，孔子總是覺得子路如果把他的剛愎和過於草率的性格改好了，會變成一個很好的力行的人。孔子一直希望有機會和子路單獨談話。

一天晚上，孔子與衆弟子討論問題，下課後所有弟子都走了，廳內只剩下子路和顏淵。孔子覺得這是和子路說話的很好的機會。雖然多了一個顏淵在那裡。但顏淵和子路交情好，在所有師兄弟中，子路最能接受顏淵，因爲顏淵平常態度謙恭，對子路也敬禮有加。有時候子路說一句話，顏淵在旁邊還幫他註解，常常把子路的話解釋得一清二楚，甚至比子路原來的意思更加深入。這時候子路雖也覺得不好意思，終究心中甚爲受用，因此子路對顏淵是有點好感的。

孔子思索如何開頭，他決定不直接對子路說話，而先與顏淵聊聊，很自然地把子路引入對話之中。他對著顏淵說：

「今晚剛好你們都留在這裡。我平日一直想問你們，你們多年讀書修身，心中大概也有些抱負。你們最想做的是什麼呢？」

子路很愛說話的，但他見孔子口中雖說「你們」，眼睛卻一直看著顏淵，心想老師大概是想先問顏淵的抱負，自己最好不要搶先回答。然而他一瞄顏淵，卻見顏淵低頭深思，並沒有馬上就要發言的樣子。於是他輕輕叫了一聲：

「老師……」

「好，你先說吧！」孔子似乎立刻看透了他想發表意見。

「弟子的抱負是……如果我有一天發達了，能夠擁有馬匹、車子、衣服等等，我願意和朋友們一起分享，即使朋友把這些用壞了，我也不會介意。」

「顏淵的意思如何？」孔子轉向顏淵，對剛才子路說的話既未加以嘉獎，也未作批評。子路根據經驗，了解孔子並不喜歡他剛才說的話。

顏淵被問，緩緩抬起頭來，虛虛地說：

「我希望，自己能夠做到不誇耀自己的本事，不炫示自己的功勞……」

孔子輕輕點了頭，也沒批評，卻轉過身來，看著子路。子路緊張極了，他知道老師看著自己必有深意，而且顏淵說出抱負時，他就已知自己錯了。自己的抱負都在車、馬、衣裘，全都是物質上的享受，而大言不慚要與朋友分享，更是自大的表現。他知道老師一定是很不贊成的。他覺得無地自容。

但子路又覺得顏淵說了他的抱負後，孔子也只微微點了頭，並沒有像往常那樣誇讚顏淵，似乎孔子也並不是很贊成顏淵的抱負。那麼老師到底希望如何？老師自己又有什麼抱負？

他覺得，似乎也可以請老師談談他自己的抱負，看看老師的抱負有多靈光……。

子路猶豫了一下，終於鼓起勇氣，向孔子說：

「願聞子之志。」

孔子微微笑了一下，好像他也料到子路會有此一問。

「我的志願嘛……老者安之，朋友信之，少者懷之。」

子路覺得坐在一旁的顏淵「啊！」了一聲，低下頭。他怵然而驚，趕快集中精神，思索孔子的話……。

子路終於明白，自己與顏淵的抱負，都是以自我爲中心的抱負。希望有車、有馬、有衣服，希望分享朋友，希望不誇耀自己的本事……這些，都是心中老想著自我的結果。但孔子的抱負是以對方爲主體的，是無我的。對方是老人，就希望讓他們得到安養，對方是朋友，就希望能互相信任，對方是小孩，就希望能愛惜他們。這是心中只有別人的想法。

怪不得顏淵一聽就知道自己錯了。顏淵果然是聞一而知十的人，而且知得好快。

子路也是很聰明的人，剎那間心念千迴百轉，一下子就想通了。他抬起頭來，目光觸到孔子的目光，孔子對他微笑，他也對孔子微笑。一剎那之間，他覺得自己與老師之間，心意相通，互相了解了。他覺得很高興，他覺得今天學到了很重要的一課。

（取材自《論語・公冶長篇》）

問孝

無違就是不可以違背禮儀的規範，父母活著的時候照禮儀奉事，父母若去世了，就依照禮儀埋葬、祭祀。須知禮儀所以維繫天下的秩序。違禮將使秩序大亂，也就根本談不上孝道了。

孔子是魯國人。魯國的政治，一直在三桓的挾持下有很複雜的過程。所謂「三桓」，指的是魯國三大世家季孫、叔孫及孟孫三家，他們都是魯桓公的後代，故稱「三桓」。他們在魯國有很大的勢力，私蓄財產，欺君逆民，有時還能欺壓國君將之放逐。

孔子有一個時期曾受魯定公的信任，在魯國做官，累升至大司寇，是時，孔子約五十一歲，正是人生有爲之年，他也很想好好做事，因此他首先設法削減三桓的勢力，也收到了一些效果。可惜後來定公中了齊國送來的女樂的迷惑，漸漸疏遠孔子，孔子乃辭去官位，開始周遊列國。

孟懿子向孔子問孝，事情發生在孔子任官的期間。我們必須了解當時的政治背景，才能了解孟懿子問孝的眞正動機，及孔子爲何那樣回答。根據《論語‧爲政篇》的記述，孟懿子問孝。

子曰：「無違。」

樊遲御，子告之曰：「孟孫問孝於我，我答曰：『無違。』」

樊遲曰：「何謂也？」

子曰：「生，事之以禮。死，葬之以禮，祭之以禮。」

孟懿子是三桓之一的孟孫氏家中的繼承人。他在魯國權勢大，窮奢極侈，所以會拜孔子爲師，是因爲他的父親一向佩服孔子的才識品德，臨終時一再叮嚀孟懿子要跟隨孔子完成學業。

可是孟懿子並不是眞正喜歡求學求道的人。他向孔子問孝，另有一番用心。因爲他正想辦一次很豪華的祭典，祭祀已故的父親。他又怕人們會說他的祭祀辦得太奢侈太越禮了，因此他想先問問孔子，抬出孔子來壓衆人。

孔子自然知道孟懿子爲何突然問起孝道。因此他回答他「無違」。「無違」的意思是不可違背禮儀的規範的意思。這個回答自然是不合孟懿子的意思的，因爲話不投機，孟懿子沒有再往下請教就離開了。

孟懿子離開之後，孔子有點失望，也有些憂慮。他有些擔心孟懿子不懂自己那句「無違」的意思，也擔心孟懿子會故意誤會，回去辦一場很奢侈的祭祀，然後對人說這是孔子教他這樣做的。

孔子的年輕弟子之中有一個人名叫樊遲，有一天，樊遲替孔子駕車外出。孔子想樊遲也常常和孟懿子一起進進出出，不如透過樊遲去對孟懿子說得清楚些。於是他對樊遲說：「前日孟懿問我孝事父母該當如何，我對他說無違就可以了。」

「是嗎？無違是什麼意思？」樊遲問。

「無違就是不可以違背禮儀的規範，父母活著的時候照禮儀奉事，父母若去世了，就依照禮儀埋葬、祭祀。」

樊遲沒有作聲，因爲孔子的解釋仍然很簡單，他必須多思索一番，了解孔子眞正的意思在那裡。他回想子游也曾問孝，那時孔子好像說：「今之孝者，是謂能養，至於犬馬，皆能有養，不敬何以別乎？」似乎是重點在要尊敬父母。子夏也曾問孝，孔子說：「色難。有事，弟子服其勞；有酒食，先生饌，曾是以爲孝乎？」這句話，好像強調要對父母和顏悅色才算孝。孔子又曾說：「父母在，不遠遊，遊必有方。」樊遲想來想去，比較孔子從前說的話，與對孟懿子說的話有什麼不同，爲什麼不同，想從不同的答案之中找出孔子眞正的意向。

但他想了很久，仍然想不出所以然。於是他很坦白地說：「我還是不懂。」

「你也不懂嗎？這麼說，孟孫一定也不懂了。」

「老師可否說得明白一些？」

「我聽說孟孫最近要辦一次祭祀。」

「是的。」

「你覺得他會怎麼辦？」

「他們是世族，辦這種事，當然會很隆重。」

「隆重到什麼程度？」

「隆重到……做兒子的祭祀父母總是覺得愈隆重愈好吧。」

「這就不對了。祭祀要合禮，過於輕率不可，過分隆重則會逾越禮的規範……。」

「啊，原來如此。老師，我懂了！」

「你懂了就好，但只怕孟孫並不懂。」

「這……我一定會轉告他老師的意思。」

「很好，須知禮儀所以維繫天下的秩序。違禮將使秩序大亂，也就根本談不上孝道了。」

「是的，老師。」

孔子呼了一口氣，他終於把心中的疑慮說出去，如釋重負。他心中希望孟懿子能聽從他的勸告，否則魯國的前途不堪設想。

（取材自《論語．爲政篇》）

PART 2

公私之間

公私之間

晏子救圉人

你使主公為了一匹馬而處死你，你死了本不足惜，但百姓聽到這事情，必會怨恨主公，諸侯聽到這事情必會輕視齊國，你弄死了一匹馬，使百姓怨恨，鄰國侮蔑，你眞是該當何罪？

齊景公一向很喜歡馬。

他在宮廷外設置了一處養馬的地方，從各國搜購許多名馬，養在牧場內。在牧場裡專門養馬的人，稱為圉人。

馬因為是從各地搜集來的，有白的，有黑的，有棕的，也有紅的，每一匹馬毛髮光艷，身材矯健，景公有空就到牧場來看馬，非常得意。

在許多馬裡面有一匹白馬，是來自波斯，身材俊瘦，毛白如雪，跑起來像一陣風一樣地快。景公特別愛惜這匹馬。命圉人讓這匹馬住在檀木建的馬廐裡，每天吃最好的東西。但不久，波斯白馬因水土不服，兼吃的東西都不是平常的馬所吃的草，患了消化不良症，沒有幾天，就死掉了。

圉人見白馬死了，非常害怕，不敢去向景公報告。他先跑來找晏子，訴說經過。圉人說：

「馬本來應該吃草、麥等馬料。主公要我餵牠更好的東西，哪有什麼更好的？就把人吃的東西拿來餵牠，結果牠吃壞了肚子，就死了。這也不能怪我啊！」

「依你說，該怪誰呢？」晏子問。

「這個，主公若不堅持要餵好的，馬就不會死。」

「很好，你就告訴主公，馬死是他堅持餵好的結果。」

「這，我不敢。」

「你不敢嗎？你既不敢還爭什麼該不該怪你。」

「還望大夫救我一命。」

「救你一命並不容易，你明天早朝，挑我與主公在一起時，進來報告馬死了，一切看我的臉色行事。」

「是是！」

翌日，早朝過後，晏子尙與景公談論國事，圉人進來，俯伏在地，戰戰兢兢地向景公報告，白馬生病死了。

景公聽說心愛的馬死了，臉下陡變，厲聲問：

「馬怎麼會死的？」

「回主公，馬可能是飲食不慣，生病死了。」

「你爲圉人，專司馬匹，怎麼可以讓馬飲食不慣？」

「回主公，只因……只因……」

「只因什麼？」

「只因……主公吩咐要餵好的，結果消化不良……」

「胡說，餵好的，就是要餵好消化的，怎麼把牠餵死了？」

「是，是，奴才一時糊塗……」

「你找過宮醫替牠看過沒有？」

「沒……有……已經死了，恐怕看也沒用。」

「你怎知沒用？至少也要看看是爲何死的。」

「回主公，若要查明死因，恐怕得剖腹驗視胃腸……」

「你的意思，還要支解這匹馬？」

「是……是的……」

「眞是好主意！來人哪，把這個圉人拖下去支解了！」

「主公……饒命！」

兩人武士走過來，就要把圉人拖出去。晏子從容站起來，以手勢制止他們。晏子問武士：

「你們要做什麼？」

「奉主公命，要把圉人拖出去支解。」

「你們知道怎樣支解嗎？」

「這倒不知道，想來隨便把四肢砍了，剖開胸膛……」

「那不行，支解人身，是有方法的。」

「請大夫指教。」

「其實我也不知道，我來請教主公……請問主公……」

「怎樣？」景公不悅地反問。

「不知從前堯舜支解臣僕時，從什麼地方下手？」

「什麼？堯舜支解……堯舜曾支解人嗎？……罷了，不要殺他了！」

「還不快謝主公不殺之恩！」晏子對圉人說，但景公還沒說完，他接著說：

「死罪雖免了，還是要送他去坐牢，以示懲罰。」

「那是當然，但恐這個圉人犯了滔天大罪，待為臣詳細告訴他……圉人，你要仔細聽了！」

「是！是！」

「你身為圉人，叫你養馬，卻把馬養死了，這是大錯。」

「是！」

「養死的又剛好是主公最喜歡的馬，這是死罪。」

「是！」

「你使主公爲了一匹馬而處死你，你死了本不足惜，但百姓聽到這事情，必會怨恨主公，諸侯聽到這事情必會輕視齊國，你弄死了一匹馬，使百姓怨恨，鄰國侮蔑，你眞是該當何罪？」

「是……是……」

「武士，還不把圉人帶走！」

「晏大夫且慢！」景公制止。

「主公還有什麼吩咐？」

「寡人知錯了，這個圉人，就放了他吧！」

「主公明察，想百姓鄰國都會敬畏主公！」

「不要說了！」

圉人獲得保全，鞠躬而退。從此牧場裡的馬也漸漸少了。

（取材自《晏子春秋》）

兩個桃子與三個勇士

其實他們三人，若有勇氣承認自己無功，又何至於死。桃子無罪，罪在驕傲。若是我，寧願不吃桃子，也不惹這樣的閒氣。

從前，齊國有三位勇士，名字叫做公孫接、田開疆與古冶子，三個人都有勇力，但是很沒有禮貌。

有一天，晏嬰對齊王說：「國家用勇士，爲的是在國內樹立上下的秩序，向國外示威，如今君侯用這三個人，既無禮貌、又不守規矩，還是早早除掉的好。」

「話雖這麼說，但這三個人都勇力過人，手下又多，如今要殺他們只怕不易，就是要抓他們也未必抓得到呢。」景公說。

「君侯只要同意除掉他們，臣自有辦法。」

「你有什麼辦法？」

「君侯請命人準備兩個桃子，但差人去把這三個人傳來，臣自有辦法。」

「啊，這簡單，不過叫他們三個人來，怎麼只準備兩個桃子，多準備一個吧！」

「不！不！只要兩個桃子，多一個都不行，君侯且看，一會便知臣之計正在這兩個桃子上。」

於是景公命人傳來了公孫接等三個人。

三人進來，只見景公與晏嬰坐在那裡。景公面前有一張几子，几子上放著兩個桃子。

這時候晏嬰開口說話：

「君侯說，三位都是我們齊國最英勇的人……」

三人都不約而同地點點頭。晏嬰繼續說：

「三位不但勇力過人，對齊國都有大功。所以君侯特別命人到南方採了兩個可以延年益壽的王母桃，要賞給你們吃。不過桃子只有兩個，無法每人吃到。……」

三人面面相看，頗有不服之意。晏嬰假裝不知，說下去：「當然，三位都是君子，相信都不會計較這種事。君侯的意思，誰覺得自己的功勞最大，就拿桃去吃，誰覺得自己功勞不夠大，就讓給別人吧。」

三個人都盯著那几上的桃子，無人說話。

僵持了一會兒，公孫接首先沉不住氣，站起來說：

「我曾經一再徒手搏猛獸，打過猛獸，格過猛虎，像我這樣的功勞，應當可以吃桃子了！」

他說完話就走過去，拿了一個桃子。

田開疆看公孫接已經拿了桃子，霍地站起來，他說：

「我也曾一再帶領三軍，衝鋒陷陣，像我這樣的功勞，也應當吃桃子了！」說罷走過去，把另一個桃子也拿走了。

此時一直沒有作聲的古冶子徐徐地說：

「我曾經隨從主公騎馬渡河，河中有像黿的水怪咬住了馬，眼看主公與馬都要沒入水中，我潛入水中，逆流急步，走了九里的距離，捉到那鼋殺了，左手拉馬，右手提鼋頭，湧出水面，河邊的人一齊叫好，以爲我是河神。像我這樣的功勞，才應該吃桃子！」

「可惜桃子已經沒有了。」公孫接說。

古治子將手中的劍拔了出來。說：

「桃子應給功勞最大的人吃。你們兩人功勞小於我，怎可就拿走桃子，快把桃子放回原處！」

公孫接與田開玄見古治子持劍怒目，看著他們，一副不肯罷休的樣子，心中有些害怕，又覺得古治子在水中殺妖救主，好像功勞是大過他們，只好把拿在手中的桃又放回去了。

但公孫接覺得拿了桃又放回去實在很丟臉，覺得這樣走出去一定會被同事們訕笑。於是他抽出懷中的匕首說：

「我功勞不如古治子，不願因爲爭桃子吃而蒙受貪吃的惡名。但我是勇士，也不能就此作罷。我今日在主公面前自刎而死，以表明我的確是一個勇士。若有機會到水中去殺妖，我也是做得到的。」

公孫接說罷，匕首往脖子一抹，就死了。

田開疆看公孫接死得乾脆，也說：「公孫接誠然是勇士，他能說死就死，難道我不如他嗎？」說罷也抽出匕首自刎而死。

古冶子本來與匆匆地要吃桃子，一看兩人都死了，轉喜爲悲。他說：「這兩人雖然是自愧功不如我而死，但我和他們一齊進來，爲了食桃，逼死了他們，如果我獨自活著出去，人們一定說我不仁不義。我既然已經爭到桃子了，那就死了也甘心了。」

古冶子也以劍自刎，當場死去。

齊景公對晏嬰說：「晏大夫果然厲害，用兩個桃子就殺了他們三個人。」

晏子說：「主公過獎，其實他們三人，若有勇氣承認自己無功，又何至於死。桃子無罪，罪在驕傲。若是我，寧願不吃桃子，也不惹這樣的閒氣。」

兩個人看著三具屍體，都覺得很不值得。

（取材自《晏子春秋》）

風

風與氣相接，是爲風氣。氣流動而成風，風吹動而氣就跟在它後面，風動氣隨，遂成風氣。昔者帝王祈禱上天，以求風調雨順。風調雨順之後，倡導善良風俗，讓人民安居樂業，風氣既成，人民像柔軟的草，風吹向那邊，人民就傾向那邊。

有一次，楚襄王與宋玉一起在蘭台宮賞花。蘭台宮是一座非常美麗的宮苑，庭院裡種植奇花異草與翠綠的樹木，非常賞心悅目。楚襄王每次到蘭台宮來，心情都很好。

當時，正是夏天，但庭院裡因爲樹木多還算涼快。偶爾有一陣清風吹來，吹起了楚王的衣袂，楚王一邊拉了一下披風，一邊說：

「這陣清風，來得眞好，吹得我涼爽得很。想來老百姓吹到了此風，也會覺得很快樂！」

「這陣風是專爲大王而吹的，老百姓哪裡吹得到這樣的清風？」宋玉說。

「什麼，老百姓就吹不到？風本來是天地自然生成的，它吹來的時候就吹來，哪管你是王侯還是老百姓？」

「這個，一般說來是如此，但其中另有道理。」

「有什麼道理，我倒要聽聽。」

「有道是枳勾來巢，空穴來風。」

「這話是什麼意思？」

「枳木的枝椏最容易營巢，所以鳥會來做巢。空曠的洞穴最能納風，所以風就會吹來。」

「好像有點道理。」

「所以風雖然是天成的，也因形勢而異。」

「說下去。」

「大王可知風是怎樣生成的？」

「不知道，正要問你。」

「風是在大地上形成的，起於青萍的末稍，吹入溪谷，遇到大山洞就風勢大起來，再沿著泰山的曲折流動，在松柏之間舞蹈……」

「好有詩意！」

「風力消退時，風便會慢慢隱入洞穴，四散分離，消失於無形。」

「可憐。」

「但當風力健時它會在高山大海之上興風作浪、摧折樹枝、飛沙走石。」

「好可怕。」

「當它意氣風發時它會吹到雲上，進入高樓，吹到宮城之內，使花草煥發，讓王侯覺得周身舒適。」

「好風！」

「適才大王所吹的風便是這種好風。」

「請問，這好風爲何吹不到老百姓所住的地方？」

「老百姓住的地方，沒有樹木庭院，沒有高樓宮城，風無處借力，無從登高迴旋。貧民住的房子低矮簡陋，巷道狹隘，大風吹不過去，細風走不進來，房子裡可能有點臭氣，風吹過去臭氣四溢，好風也變成惡風……」

「有這等事？」

「由於風吹不到那裡，那裡長年陰濕而不乾爽，人住在那地方容易生病。生病的人不易恢復，所以貧民都活得奄奄一息，沒有精神……」

「可憐的貧民！」

「大王也覺著他們可憐嗎？」

「我雖覺著他們可憐，但好風吹不到那邊去，我又有什麼方法？」

「風要往那裡吹，不往那裡吹，原不是一定不變的。」

「這麼說是可以改變的，怎樣才能改變風向？」

「風與氣相接，是爲風氣。氣流動而成風，風吹動而氣就跟在它後面，風動氣隨，遂成風氣。」

「風氣可以人力致之嗎？」

「昔者帝王祈禱上天，以求風調雨順。」

「對了，這是我的責任。」

「風調雨順之後，倡導善良風俗，讓人民安居樂業，風氣既成，人民像柔軟的草，風吹向那邊，人民就傾向那邊。」

「啊，先生見解，令我茅塞頓開！」

「所以風雖天成，猶靠人力。人用力，風便借力而行，所經之處，沛然不能抗拒。……」

「我明白了，風眞是神妙無比。」

「風很神妙，它無形、無色、無味、無心，但清風所經之處百物蓬勃，暴風所到之處萬物摧毀……。」

「先生不要說了，我已經明白風的神妙了。」

（取材自宋玉〈風賦〉）

掣肘

宓子賤故意叫你們來向我告狀，因為他也害怕，我會一邊叫他做事，一邊也什麼事都干涉他，掣他的肘，讓他不能好好做。所以，他用實例來向我諍諫。你們只要告訴他，就說我已經懂了，他就會好好對待你們。

魯國的君主封宓子賤到亶父地方去做地方官。

宓子賤一方面很高興能夠到一個地方去施展抱負，另一方面又很害怕自己離開了魯君之後，魯君周圍會有些人出來說他的壞話，魯君若信了他們的壞話就會不信任宓子賤，而對他在地方上的施政措施做很多限制。

宓子賤為此心中一直狐疑不決，不知如何是好。他找他的好友鄭益商量。鄭益說：

「這事也不是不能解決。如今魯君身邊有一些人，是君侯非常相信的。他們若說起你的壞話，君侯一定會相信。最好的辦法，是把他們引開君侯的身邊。」

「怎樣引開？」

「最好是把他們要過來。」

「要過來做什麼？」

「他們是君侯的心腹，你要兩個人過來當筆吏，帶著一起赴任，君侯覺得有心腹監視你，他也比較放心啊。」

「原來如此，但君侯肯給嗎？」

「當然肯，你只要開口，他會滿口答應。」

翌日，宓子賤請求魯君給他兩個人，讓他帶往亶父地方做筆吏。魯君很開心的派了兩個心腹，跟著宓子賤走了。

來到亶父，宓子賤天天要兩個筆吏寫公文，寫佈告，寫這寫那。兩個人也很起勁地寫了。但每當兩個人開始寫的時候，宓子賤就說：

「不是這樣寫，筆要拿直一點，不是從這邊寫，要從最右端開始寫，寫歪了不行，字不要太小，也不要太大，字的間隔太小了……」總之，怎麼寫，宓子賤都有意見。

「長官，我們寫的時候，可不可以請你不要指指點點，等我們都寫完了，你有什麼不滿意的地方，一起告訴我們好不好？」

「這個，等你們都寫完了，再說哪裡不對，就來不及了。」

「但是長官這樣不斷指指點點，我們如何能寫字？」

「做筆吏的人，本來就該在長官的指示下寫字，這樣就不能寫，恐怕不行。」

兩個筆吏無奈，只好繼續寫。而宓子賤不但繼續在旁指指點點，而且變本加厲，伸手去阻撓他們運筆，又用手去撞他們的肘，以致他們好幾次把筆都掉落在地上。

兩個人終於忍無可忍，向宓子賤提出抗議：

「長官如此下去，我們恐怕無法替你做事了！」

「你看你們寫字寫得歪歪斜斜，還要對我抗議！」

「我們寫字，雖非很好，但也並不差，其所以會寫得歪歪斜斜，皆因長官不斷在旁掣肘！」

「我看不是這樣，你們根本就不會寫字……」

「很好，既然長官認定我們不會寫字，我們今天起辭職回去，我們自會向魯君報告事情的始末！」

「很好，你們要回去向魯君打小報告，你們儘管去吧。但你們向魯君打小報告的時候，可不能加油加醋，把我說成壞人。」

「這事即使不加油加醋，就已夠荒唐了，哪裡還用得著加什麼油或醋的。」

兩個筆吏氣沖沖地回到魯君身邊來，向魯君報告，他們已向宓子賤辭掉筆吏的工作了。

「你們為什麼去不久就把工作辭掉了呢？」

「主公交代好好跟著宓子賤做，我們原不該就辭掉，只不過宓子賤這個人眞眞豈有此理！」

「他怎樣豈有此理？」

「他要我們寫公文，寫佈告，我們都寫了。但他一方面叫我們寫，一方面又不放心我們，站在旁邊不停地指指點點，最後還用手撞我們的肘，我們把字寫歪了，他還怪我們！」

「原來如此，我明白了。你們明天就出發回到亶父地方去。」

「什麼？我們還要回亶父地方去？」

「對了。」

「但我們不願和那宓子賤共事了。」

「你們只管回去，他不會再那樣對待你們了。」

「他的人一向如此，怎會不再那樣對待我們？」

「你們只要告訴他，就說我已經懂了，他自然就會好好對待你們。」

「主公已經懂了什麼？」

「宓子賤故意叫你們來向我告狀，因爲他也害怕，我會一邊叫他做事，一邊也什麼事都干涉他，掣他的肘，讓他不能好好做。所以，他用實例來向我諍諫。」

「啊……是這樣！我們有些不懂。」

「沒有關係，你們只管回去就是。」

兩個筆吏又回亶父地方去，告訴宓子賤魯君說的話，宓子賤很滿意，微笑頷首，從此與兩個筆吏，互相敬重。

（取材自《呂氏春秋》）

好狗

兩個月後，狗開始捕鼠。牠雖然後腿跛了，動作仍敏捷，後腿蹲下來，剛好撲鼠。但牠不再有軒昂的姿態，也不再挺立在門口，牠變得髒髒地、可憐兮兮地，只是仍然不搖尾。

齊國有一個很會相狗的人，大家都叫他狗師。狗師有幾十年的經驗，能辨別哪隻狗是好狗，哪隻狗是壞狗，哪隻狗擅長做什麼事。有一天，有一個鄉親來找他，問他：

「狗能捕鼠嗎？」

「狗也有能捕鼠的。」

「我想買一隻狗，帶回家去捕鼠。」

「你要捕鼠買貓就可以了，何必買狗？」

「我想狗體形大、食量也大，大概捕鼠也比貓捕得多，價錢貴一點就無所謂了。你能不能陪我去買狗，替我相一相？」

「當然可以。」

兩人相偕去買狗。鄉親買了狗歡歡喜喜帶回家去了。狗果然很會捕鼠，天天捕鼠，不到一個月，就把家中的鼠都捕光了。

鄉親非常得意，到處宣揚狗師相狗的確很準。

鄉親的鄰居名叫居胖，聽說狗師很行，又羨慕鄰居有好狗，就跑去見狗師，央他爲其選擇一隻好狗。他在狗師的鑒定下買了一隻更貴的狗帶回家，遍告鄰里，他如今也買了一隻好狗。

居胖所買的狗比鄉親的狗要高大，站在門口，形象威武，毛髮美麗，好看得很。居胖初時很是滿意，看著那隻狗老挺立在門口，甚是得意。

但日子一天一天過去，家中的老鼠卻毫不減少。居胖注意觀察他的狗，這才發覺這隻狗根本不捕鼠！居胖轉喜爲怒，一再要逼迫狗去捕鼠，狗就是不理會牠。

居胖又發現，這隻狗原來沒有鄉親的狗聽話，見到主人從不搖尾討喜歡，主人給牠飯吃，牠也沒有感謝的樣子。牠每天挺立在門口，一副比主人還大的樣子，過路的人都讚牠「好狗！」聽在居胖耳裡尤其很不是滋味。

他想：想我身長七尺，一表人材，人們很少誇獎我，牠不過是一隻狗，為什麼大家反而讚美牠呢！

居胖於是有了壞主意，常鞭打狗，有時也不給牠飯吃，或只給牠很少的殘肴剩飯吃。他想：狗終是狗，餓牠幾頓，一定會搖尾乞憐的！

但是出乎他的意料，這隻狗既不搖尾，也不乞憐，態度仍然驕傲，天天挺立門口，一副一夫當關的樣子。

居胖氣極了，只好來找狗師理論。他問狗師：

「你替我選的狗，到底是什麼狗？」

「是好狗啊！你不是說要好狗？」

「好狗為什麼不捕鼠？」

「啊，原來你要捕鼠的狗，何不早說？我只聽你說要好狗，以為你要的是好狗，如果要的是捕鼠的狗，那就不必花那麼多錢了。」

「什麼，捕鼠的狗還反而便宜？」居胖愈聽愈氣。

「當然，捕鼠只是一種很簡單的動作，只要略加訓練，便可以叫牠捕鼠。」

「那麼我買的那隻也可以訓練了？」

「你買的那隻，比較難！」

「爲什麼？」

「因爲牠是眞正的好狗！」

「牠什麼都不會做，每天挺立在門口，算什麼好狗？」

「閣下有所不知，挺立在門口，志在守護家園。」

「那牠爲什麼不捕鼠？」

「像這樣的好狗，對老鼠那種小東西根本沒興趣，你若帶牠出去打獵，叫牠追逐麋鹿野牛，牠就有興趣了，甚至若有獅虎之類要傷你，牠都可能以身庇主，但捕鼠，牠是不會的。」

「我很少會出去打獵，家中卻有很多老鼠，你給我想個辦法，讓牠捕鼠，行不行？」

「辦法也不是沒有，但是可惜了好狗！」

「什麼辦法？」

「你把牠的後腿砍了，牠就捕鼠了。」

「眞的？爲什麼這樣？」

「牠四肢很好，不願捕鼠，老想到野外追逐大獸。你若把牠的後腿砍了，牠只剩下捕鼠的能力，牠就捕鼠了！」

「原來如此，好辦法，好辦法，我這就回去照辦！」

「先生！」

「怎樣？」

「你那隻狗是好狗，你把牠送來給我，我另外換一隻會捕鼠的狗給你。」

「不，牠對我太不恭敬，我要砍他後腿！」

居胖回家後，立即將狗綑綁，把牠的後腿砍了。

兩個月後，狗開始捕鼠。牠雖然後腿跛了，動作仍敏捷，後腿蹲下來，剛好撲鼠。

但牠不再有軒昂的姿態，也不再挺立在門口，牠變得髒髒地、可憐兮兮地，只是仍然不搖尾。

居胖達到了目的，家中老鼠也少了，他高興地說：我家有一隻好狗！

（取材自《呂氏春秋》）

傷心的醫師

我們做醫生的，有病說有病，無病絕不能說成有病。君侯明明有病，如今病已到了胃腸之內，很難治療了。但今日就治療，雖然難，還有希望，這是最後的機會，君侯明察！

從前有一位醫師名叫扁鵲。扁鵲醫術精湛，尤其很能夠在病人病尚未發的時候就看出這個人快要生病了。因此有些人渴望能見到他，得到他的指點，也好趁早把病醫好。但也有很多人並不喜歡見到他，惟恐見到他萬一被他說出身上有病，可是很不舒服的事情。

蔡國的君主桓公，是很不樂意看醫生的人。但是由於扁鵲的名氣很大，他覺得這個人既然已經來到蔡國，在禮貌上應該接見他才好。於是他在群臣的安排下，接見這位醫師。

扁鵲看到桓公，許久沒有說話，眼睛盯著桓公看，看了好一會兒，才說：「觀君侯的氣色，大概有病即將發作。應該及早醫治，免得病情加深。」

桓公正是怕他說這種話，一聽他果然說自己有病，心中很不愉快，立即回答：

「我並沒有病，我身體一向很好，或許是你看錯了。」

「不，君侯，我並沒有看錯，請問你胸口到喉嚨之間，是不是有點疼……」

「先生不必說了，我已說過我沒有病，先生回客房休息吧。」

扁鵲一看桓公有些不耐煩了，只好退下。但他原是很熱心的人，回去後仍然一心想著桓公的病，很替他擔憂，如果不趕快治療，也許再過幾天就太遲了。他苦苦思索，要怎樣去講，才能使桓公接受。

十天後，扁鵲又來見桓公。桓公看他不請自來，先自有點不高興，但扁鵲仍然開始談到桓公的病情：

「君侯的病已從氣色進入到肌膚裡面了，相信你身體一定已感覺到不舒服，今天開始治療的話，很快就可以治好……。」

「先生不必談下去了。我活了這麼幾十年，從來沒生過病，怎麼你一來，我就生病了。大凡做醫生的人都喜歡說人家有病，以便顯出他的能耐。有病固然說有病，沒病也要說成有病，才能炫耀他治療的功夫，表示他醫術高明啊。」

「君侯這麼說，我很詫異。想我的醫術好不好，盡人皆知，何需來此騙君侯有病，才能展現能耐。但君侯今日的病尚可治療，今日不治，過時就難治了。還望君侯姑且信我一次……」

「我今日信你，你給我藥吃，也許不會有什麼事。根本就不知道是你治好了我的病，還是我本來無病。依我看來，這件事就免了。先生到別處去看病，也不愁沒有著落……。」

扁鵲聞言，大失所望。心中十分難過，只好退下，回到寓所。但他心中十分焦急，夜裡輾轉反側，不能成眠。他一方面很氣惱桓公如此執迷不悟，不能相信他好意的警告，另一方面又不忍心就這樣離去，不顧桓公的死活。他為此躊躇不安，思索了好幾天，好幾次想離開，臨時又走不開，最後決定再去見一次桓公。

扁鵲第三次來見桓公，桓公遠遠望見他，就面露冷笑，對扁鵲說：

「先生再三來見我，莫非有什麼要求嗎？如果有什麼要求何不乾脆說出來，我看看若能辦到，送些路費給先生也不算什麼，可別再說我有病了。」

「君侯請聽我一句話。我們做醫生的，有病說有病，無病絕不能說成有病。君侯明明有病，如今病已到了胃腸之內，很難治療了。但今日就治療，雖然難，還有希望，這是最後的機會，君侯明察！」

「哈，我果然還是有病嗎？但身體是我的，我自己不覺得有病，而你偏偏說我有病，這事怎麼辦呢？」

「君侯……。」

「我知道了。你也不必苦苦堅持我有病，我送你一些路銀，你到別處去行醫，以後若有機會再到蔡國，我們再見面了。」

「君侯，只恐……」

「先生，你好走，我就不陪你了。」

扁鵲頹然退下，心中非常地難過。他望著手中桓公所送的路銀不知如何是好。他決定將這些銀子封好，託人送還桓公，以示既然未能為他出力，也不敢拿他的銀子。

第二天，扁鵲整理好行李，悄然出門，準備到秦國去。在宮門外，他遇到正面出門的桓公。他退後一步，深深一鞠躬，目送桓公騎著馬走過去，然後自己慢慢向西走去。

走沒多久，後面有馬蹄聲，原來是桓公手下的一個大夫追來了。大夫問：

「先生，你剛才在路上遇到主公，為何不說話呢？」

「啊，大夫見諒，可是我還有什麼話可說呢？」

「主公本來以為你會再說他有病，但你一句話也沒說，他覺得很意外，叫我來問你，你沒話說，是不是因為他確實是沒病？」

「大夫啊！」

「怎樣？」

「您主公，恐怕活不了多久了！」

「有這麼嚴重嗎？」

「蔡國應也有別的醫師，爲何不叫別人來看看？」

「也有道理，但你剛才爲什麼不說話呢？」

「君侯原來病在肌膚胃腸我都還能治療，但今日一看已病入骨髓，我已經沒有法子治療了。」

「有這等事，那我要速速回去報告主公。」

「大夫最好是別說了，他不信我這個醫生，怎肯信你，萬一動怒，大夫性命難保……」

「原來如此，多謝警告，先生慢走，就此告別。」

兩人鞠躬而別，黯然分手。數日後桓公也死了。

（取材自《韓非子・喻老篇》）

一半一半

如今你的大臣們全部贊成一件事，不論贊成得對，或贊成得不對，都是很危險的。大家意見一致，毫無爭議，事實上你等於只有一個大臣。萬一所議的事是不對的，無人反對，不能尋求意見的平衡，這不是很危險嗎？

戰國時代，張儀和惠施兩個人都是很會辯論的人。有一次，兩個人相繼來到魏國。

當時的魏國，處在秦、韓、齊、荆等國之間，正在考慮要和哪些國家聯盟，或與哪些國家打仗。張儀勸魏王：

「當然要與秦、韓聯盟，去攻打齊、荆。」

「爲什麼？」

「因爲這樣對魏國有利。」

「打齊、荊對魏國有什麼利呢？」

「齊、荊有肥沃的土地幾千里，有漁海之利，人民都很富有。把他們打下來，分他們的土地，魏國可以變成大國。又可以讓秦、韓高興，鞏固友誼。」

「但是把齊、荊打下來之後，秦國會不會轉過來打魏國？」

「不會。」

「怎麼不會？」

「到那時候魏國已成了大國，國富兵強，誰敢來打？」

「魏國這麼容易就能國富兵強嗎？」

「不能，不能。」這時候惠施揷進話來。

「惠施先生怎知魏國不能國富兵強？」

「我的意思，魏國打齊、荊所得的利益很有限，也不可能馬上就富國強兵。但是因此產生的不利，卻很大很大。」

「有什麼不利？」

「須知秦、韓所以願意和我們聯盟，就是因爲怕他們不和我們好，我們就會和齊、荆好。」

「有這回事？」

「這道理簡直太簡單了，秦國想稱霸，但齊、荆和他爭鋒，他的意思，拉攏魏國，打擊齊、荆，先把齊、荆消滅了再說。」

「消滅了之後呢？」

「消滅了之後，自然是要來消滅魏國了。」

「那麼我們該怎麼辦？」

「我們繼續與齊、荆修好，秦、韓看到我們有齊、荆做盟友，自然不敢打我們，我們可以暫時維持和平，不打仗，這才可以培養國力，成爲富強，若是不斷打仗，消費民力、兵力，國家會愈來愈貧……。」

「不是這樣，」張儀忍不住也插進話來，他說：

「暫時的和平並不可靠。魏國要富強必須攻打齊、荆。先得土地，再養兵力……」

張儀與惠施就這樣不斷地辯論下去，誰也不服氣誰。魏王左右爲難，不知如何是好。

魏國朝廷有很多大臣，他們在聽到兩人的辯論之前，本來就都贊成攻打齊、荆。因此都異口同聲地說，張儀有理，應該照他的話做。至此魏王也就相信攻打齊、荆有利，就決定要攻打齊、荆了。

魏國準備出征，整軍經武，全國沸騰，似乎已不可能改變了。但惠施還是再度求見魏王。魏王對於惠施的再來感到不耐。他說：

「惠施先生，我知道你的來意，你大概是還想勸我不要攻打齊、荆。你的話可能也有道理，但群臣都贊成攻打齊、荆，如今已做了決定，無可挽回，你就不必再說了。」

「大王，我不是來勸阻你攻打齊、荆的。」

「不是來勸阻，那麼你是來做什麼？」

「我來和大王談另外一件事。」

「目前我正在整軍，此事最爲重要，其他的事情就以後再談吧。」

「不，這件事比攻打齊、荆還要重要。」

「什麼事會這麼重要？」

「大王認爲，攻打齊、荆是一定有利的嗎？」

「任何事，很難說一定，但群臣全部贊成，想必是有利居多吧。」

「問題就在這裡，爲什麼會全部贊成呢？」

「你這話什麼意思？」

「攻打齊、荆若是有利的，那麼你的大臣們全部都贊成，他們也未免太聰明了。」

「這個……」

「相反地，如果攻打齊、荆是不利的，而大臣們全部贊成，他們也未免太愚蠢了。」

「您想說什麼？」

「我想說，你的大臣，若非全部很聰明，就是全都很愚蠢，這是很危險的。」

「爲什麼？」

「通常任何計謀都是利弊參半的。因此如果大臣們眞正關心，就會有人贊成，有人反對。贊成的人與反對的人各佔一半一半。」

「原來如此。」

「如今你的大臣們全部贊成一件事，不論贊成得對，或贊成得不對，都是很危險的。」

「啊，我沒想到這一點……。」

「也可以說，你雖然朝中有很多大臣，但大家意見一致，毫無爭議，事實上你等於只有一個大臣。萬一所議的事是不對的，無人反對，不能尋求意見的平衡，這不是很危險嗎？」

「是的，是的。」

「也可以說你還缺乏另一半的大臣，因此你的朝廷是不完全的。」

「有理，有理，惠施先生願意留在魏國做那另一半嗎？」

「不，我並不適合，但只要大王能對大臣們說出這個意思，相信他們會反省、改變的。」

翌日，魏王早朝，問大臣們有沒有反對出兵打齊、荆，若有，儘管站出來說話。他重賞出來反對的人，但照樣出兵去打齊、荆。

（取材自《韓非子．內儲說》）

造父馴馬

馬是很乾淨的，至少你可以把牠洗乾淨。你必須像照顧子女一樣照顧牠，牠才會像聽父母的話一樣聽你的話，你有時打牠一下，牠也才會認錯！

造父是一個很會駕御馬的人，不但普通的馬，他騎上去操控自如，就是很強悍的馬，他騎上去也照樣一下子就把牠馴服得服服貼貼，俯首聽命。

造父每次騎馬上街，街上的人都圍過來看他的騎術。造父騎馬，姿勢非常優美，而且人與馬好像連成一體，能快如流星，也能緩緩地走，停下來好像石雕，躍上去迅如雷電。人們喜歡看造父騎馬的樣子，因爲造父騎馬簡直是天衣無縫，爐火純靑。

宋國有一個人名叫程強，聽到造父會御馬的名氣，就趁經商之便來拜訪造父。他來到造父家門口，正值造父騎馬出來，程強就跟在造父後面，看著他的騎姿果然美妙，於是程強趕上前去和造父打招呼。程強問造父：

「先生的騎術雖然高明，但難道都沒有遇到過很強悍不聽話的馬嗎？」

「當然也遇到過。」

「遇到了這樣的馬怎麼辦呢？」

「用盡一切方法都不能使牠聽話，有時也只好打牠、踢牠。」

「啊，原來如此，這倒是簡單。我明白了。」

「你明白了嗎？」

「是，我明白了，多謝指教。」

程強揚長而去，一路上就學起造父的姿勢來了。但他的馬卻一點也不配合，程強要快跑，馬卻慢慢走，程強要慢，馬卻乾脆停下不動。程強想學造父做點美妙姿勢，卻覺得坐騎好像要離開他似的。程強很生氣，猛然想起造父說如果馬不聽話也可以打牠踢牠，他舉起鞭子狠狠地打了一下馬，馬高嘶一聲，跳了一下，幾乎把程強摔了下來。程強更生氣，雙脚用力，往馬腹一夾一踢，那馬前脚舉起，幾乎人立，程強從馬背上摔了下來。

程強摔得全身疼痛，牽著馬到販馬的地方把馬賣了，另外買了一匹看起來比較馴良的馬。他心想，這匹馬應該會聽話。

但新馬只是開始的時候比較馴良。當程強要做姿勢，而且一會兒往東一會兒往西，馬就開始不大合作。「這馬是怎麼回事？我是你的主人啊！你敢不聽我的話！」程強心中這麼想，拉緊馬轠，硬要叫馬聽話，可馬就是不聽話。程強不敢再打牠踢牠，怕又被摔下來，又把馬拉回販馬的地方，重新換了一匹。

程強心想，總不能每匹馬都不聽話吧，這一匹應該是好的。他得意洋洋地騎上去，試了半天，不但無法像造父那樣隨心所欲，連起碼的動作，馬都不配合。程強非常生氣，心想我若騎在馬上打牠，難免又被摔下來。於是他把馬拉到一棵大樹邊，下了馬將馬拴在樹旁，然後拿出一根大木棒狠狠地把馬打了一頓，打得遍體鱗傷。

然後程強跑去見造父，說：

「我依照你的話騎馬，不聽話就打牠踢牠，但換了三匹馬都還是不聽話，該怎麼辦？」

「你在打牠踢牠之前做了些什麼？」造父問。

「沒做什麼，只是騎牠！」

「哦，原來如此，你去把你的馬牽來我看看。」

程強依言，把馬拉來了。造父一看大驚：

「啊！這是怎麼回事？你的馬遍體鱗傷，還在流血呢！」

「是我打了牠。」

「你騎此馬騎了多久了？」

「昨天才換的。」

「你只騎了一天就打牠了？」

「因為牠不聽話啊。」

「嗯，你們只相處一天，牠怎會聽話——」

「我又不是交朋友，還有什麼相處多久？」

「不然，和馬相處，比和朋友相處更要小心。」

造父一邊說，一邊拿出紗布，開始爲馬擦拭傷處，他很小心、很細心地，把血跡都拭乾淨了，然後拿藥出來塗擦。這中間，造父不斷拍拍馬的頭和背，叫馬不要緊張。

擦好之後，天已黑了，造父把馬拉進自己的馬廐，餵牠草料，讓牠喝水，然後回頭對程強說：「你就把馬留在我的地方，五天後再來，馬的傷就好了。」

「把馬放在你這裡？但牠性情不好，又受傷，夜裡要是鬧起來怎麼辦？」

「不會的，牠受傷需要照顧，我夜裡會在這裡照顧牠。」

「怎麼？你夜裡還在馬廐照顧牠，你難道不睡覺？」

「我就睡在馬廐裡。」

「睡在馬廐裡？」

「是的，我常常睡在馬廐裡，而且任何馬生病，我就睡病馬旁邊，隨時照顧牠。」

「你和馬睡在一起豈不是太髒了？」

「馬是很乾淨的，至少你可以把牠洗乾淨。你必須像照顧子女一樣照顧牠，牠才會像聽父母的話一樣聽你的話，你有時打牠一下，牠也才會認錯！」

「啊，原來如此！」

五天後程強回來要馬。造父把馬拉出來，一躍就騎上馬背，拍拍馬頭，馬顯得很高興又很喜歡造父的樣子。造父身子向東，馬就向東走，造父身子向西，馬就向西走。造父說快，馬就流星一樣衝前，造父拉繮繩，馬立刻就停下來。

「你看，馬是會聽話的！」造父說。

「是的，我終於看懂了。」程強說。程強很高興地把馬拉回家，一路上拍拍馬背，心情愉快。

（取材自《呂氏春秋・用民篇》）

射白猿

牠看我調整弓矢的樣子，已知我若射，一定會射中牠。牠雖是畜生，頗具靈性，大凡一件事，開始做的時候其實勝負之數早已定了。成功之機常常就在開始前的準備，牠看我準備弓矢之法，已知必難倖免……

楚王喜歡打獵，又有勇力，每次帶著一群人和許多獵犬出去打獵，恃其力氣大，以弓矢射麋、鹿、獐、狐，箭射出去，三次總打中一次，又有獵犬追逐，衆人圍堵野獸，所以每次出獵，日落時分回來，總會滿載而歸。

楚王喜歡誇耀他的弓術，指著載回來的麋鹿等獵物，自滿地說：「你們看，我一個人射了這麼多！」

群臣照例都會恭維楚王弓術了得，臂力過人，野獸都畏懼他，只有楚王才射得到這麼多野獸。

楚王聽了這些恭維後更加得意。他絕對想不到，群臣都射不到野獸，其實是裝的。那麼多人奔跑終日，怎麼連一隻野獸都打不到，他們不過是怕射到了野獸，會搶了楚王的彩頭，敗他的興，所以不敢逞能，大家裝做都不如楚王，免得楚王生氣。

但楚王並不知群臣的心思，總以爲群臣眞的都弓術不如他，所以射不到野獸。這中間，楚王只對一個人有點懷疑。這個人名叫養由基。

養由基的弓術很好，大家都知道。楚王也曾親眼看到他仰射飛雁，矢不虛發，但爲什麼他出來打獵，從不出手射野獸呢？最令楚王不安的是，群臣都恭維楚王弓術好，只養由基從不恭維。

「他是不是有點看不起我？」楚王難免這樣想。楚王心中盤算，有一天，有機會時，一定要命養由基射一隻野獸，看看他是否也會失敗。

楚王每次出獵，都打些麋、鹿、狐、兔回去，覺得沒什麼意思。

一天，對養由基說：「每次都只打這些麋、鹿、狐、兔，沒意思了，有沒有別的野獸可打？」

養由基說：

「麋鹿狐兔，其肉可以吃，其皮可以穿，每次出獵，打一些回去，分享大家，很有用處，何必打別的野獸？」

「我想山林之中必有別的野獸，我們也打下幾隻帶回去，豈不是好。」

「別的野獸雖然有，但像虎、豹太兇猛，接近牠很危險，而且牠們都住在峻嶺高山上，群臣之中也有年紀大的恐怕上不去。」

「上不去的人，儘可不去，我只帶少數人上去就好了。」

「既然主公堅持要上去，那我就陪主公上去了。」

於是楚王只帶了十幾個年輕力壯的隨從，策馬上山，好不容易來到山的頂峰，但四處尋找卻並沒有看到虎豹之類。楚王正在失望，巖石之後，走出來一隻白猿。

「啊，那是一隻白猿，待我射牠！」楚王說。

「不，最好不要射。」

「爲什麼？」

「白猿是有靈性的動物，不要射牠。」養由基說。

「牠再有靈性，總是獸類，我找不到虎豹，射一隻白猿帶回去也是好的。」

「主公，這個……還是不大好……」

但楚王已經抽矢拉弓，瞄準白猿。射出，卻未射中。他更加憤怒，立刻又抽箭拉了射出。

白猿卻並不怕楚王，牠吱吱地叫，不斷易動身體位置，表情好像在嘲笑楚王。

楚王認爲白猿不斷移動，使他難以瞄準，心中已怒，又看白猿表情好像並不怕他，愈加生氣，拉滿弓，一箭還是未中。

他連發三矢，均未射中，而白猿露出牙齒，高聲地叫，簡直就在嘲笑他無能！

楚王怒極了。又抽出第四枝箭。這時養由基說話了：

「主公別再射了！」

「非射死牠不可！」

「主公再射恐怕也射不中……」

「怎麼見得射不中？」

「牠看著你的手，你瞄準那一邊，牠就躲開那一邊，怎麼射得著！」

「如此說來，難道無法降伏牠，我忍不下這口氣！」

「不過是一隻白猿，何必和牠生氣。」

「牠竟敢嘲笑我，不射牠，絕不甘心，對了，你是神射手，你來射牠！」

「主公……」

「不必多言，趕快射牠！」

「那……臣只好奉命……」

養由基從背上解下他的弓，手握弓的下端，平舉弓，先看看弦是否直、鬆緊適中，然後慢慢調整弓弦。這中間白猿一直眼睛盯著養由基的動作。

養由基把弓調整好，又抽出一支箭，先看看箭是否筆直，又檢查箭尾的羽毛是否整齊。他用兩個手指慢慢撫平羽毛，反覆這個動作，好像一點都不急。

楚王看得有點不耐煩了。他正想開口叫養由基快點射，養由基見楚王就要開口，立刻以手勢制止他，叫他暫不要說話。養由基撫摸羽毛之後，又再三平舉箭，看箭是否筆直……。

就在這個時候，白猿突然發出哀鳴，聲音淒厲，大家都爲之一驚。

養由基緩緩站起，左手拿弓，右手將箭插回箭袋，然後揮手示意轉看望去，白猿正朝養由基下跪做乞憐狀。

叫白猿離開。白猿看他的手勢，如獲大赦，急急逃走。

「這是怎麼回事？」楚王問。

「牠已認錯了，就放牠走吧。」

「你尚沒射，爲何牠這樣怕你？」

「牠看我調整弓矢的樣子，已知我若射，一定會射中牠。」

「是這樣嗎？」

「是這樣。」

「牠不過一個畜生怎能預料必然射中？」

「牠雖是畜生，頗具靈性，大凡一件事，開始做的時候其實勝負之數早已定了。成功之機常常就在開始前的準備，牠看我準備弓矢之法，已知必難倖免……」

「原來如此，我這弓矢也不用射了。」

「是的，大王該多做些射箭以前的準備，以及……」

「以及什麼？」

「以及很多事情的事先準備。」

（取材自《淮南子・說山訓》）

鳳凰

楚王及宮中文武百官，聽了這人敍述，皆大爲驚嘆。百官紛紛向楚王道賀，說有鳳來儀，是盛德祥徵。楚王更是心花怒放，高興得不得了，立即傳旨，賞賜商人兩千兩黃金，並封他爲庫吏，專看管宮中的財庫。

從前楚國有一個獵人，在山上打到了隻雉雞。將雉雞雙脚綑了，吊在竹擔上，扛著竹擔，要回家去。

在路上，他遇到一個商人。商人看著竹擔上的鳥，問：「那是什麼鳥？」獵人看那商人好像不認得雉雞，就想騙騙他，隨口說：「這是鳳凰。」

「什麼？是鳳凰？我聽說過鳳凰是很美麗的鳥，但從來沒看過。

原來鳳凰是這個樣子！」

「不錯，鳳凰不但是很美麗的鳥，而且是代表祥瑞的鳥，平常不輕易走出深山，今天是我運氣好，等了好幾個月，終於等到了牠，被我捉住。」

「爲什麼要等幾個月？」

「原來你有所不知。鳳凰不像普通的鳥亂吃東西，牠只飲甘泉的水、吃松子，每吃一次，就幾個月不再吃東西，藏在深山，也不出來。你必須耐心等候，守在甘泉旁邊，等牠來飲水的時候，用網網住牠。」

「原來這麼費工夫。」

「是啊！」

「那麼你如今捉到牠，準備怎樣？」

「我準備帶牠去京城，獻給國王。」

「爲什麼要獻給國王呢？」

「因爲鳳凰是祥瑞的鳥。國王們都相信，鳳凰出現的時候，一定是國王有德，國家會太平，五穀會豐收，所以把鳳凰獻給國王，國王一定會很高興。」

「然後呢？」

「然後，國王一高興就會賞我很多金銀寶物，說不定會給我官做。」

「你很想做官嗎？」

「做官誰不想。像我這樣一生打獵，能有什麼出息？有官做，也可以光祖耀宗。就像你，做生意雖然也可以賺錢，總沒有做官神氣。」

「說得也有理，你就要到京城去獻鳳凰了？」

「我是想去，但我有個困難。」

「什麼困難？」

「我家中有老母，身體一直不好，我不能離家太久。」

「這麼說，你還是別去，不如你把鳳凰賣給我，我正要去京城，也可獻給楚王。」

「這個……我有點捨不得。」

「你反正也不能離家，這樣吧，我給你十兩黃金，就把鳳凰賣給我吧。」

「那不行，鳳凰是稀世之寶，怎麼只值十兩金子？」

「那要賣多少錢？」

「至少也要二十兩。」

「好吧，就付你二十兩。」獵人與商人就此成交。商人歡天喜地，捧著以為是鳳凰的雉雞上京去了。

一路上說他有一隻鳳凰要去獻給國王。路上的人都紛紛傳說此事。

商人來到旅舍，向旅舍主人要松子與泉水餵鳳凰。旅舍主人看那隻鳥好像只是一隻羽毛比較漂亮的雉雞，但不敢爭論，去找松子去了。

商人怕鳳凰綑綁太久會受傷，把綁鬆了，讓牠在房間內自由走動。

翌日早晨，旅舍茶房端著茶水進來，一腳踩進來，好像踩到什麼，定睛一看，雉雞死在地上。於是大聲呼叫，商人也起床，一看雉雞已死，也不知什麼緣故死的，大為傷心，就把雉雞埋了。

埋雉雞的時候，附近的居民都聞風前來觀看鳳凰。有人說，鳳凰果然死後都美麗高貴，還有人說他十年前看過鳳凰，就是這個樣子。

大家爭相走告，於是不幾天，這消息就傳到京城，爲楚王所聽到。

楚王聽到有人準備要將將鳳凰獻給他，鳳凰卻在旅途上死了，覺得非常可惜。爲了證明他自己是有德之君，所以鳳凰主動從深山出來，他派人召來了那個商人，要商人在所有大夫之前，敍述鳳凰的出現與死去的經過。商人不敢說鳳凰是購自一個獵人，只好編一個很美麗的故事，在楚王及諸夫面前侃侃而敍。

他說他誤入深山，見到鳳凰，鳳凰不但不怕他，反而表示願意和他一起到京城朝覲有德之君，於是雙雙行來，沒想到在路上鳳凰因誤飲不潔之水，生病死去。他從懷中拿出一根燦爛奪目的羽毛，說這羽毛始是鳳凰身上的。

楚王及宮中文武百官，聽了這人敍述，皆大爲驚嘆。百官紛紛向楚王道賀，說有鳳來儀，是盛德祥徵。楚王更是心花怒放，高興得不得了，立即傳旨，賞賜商人兩千兩黃金，並封他爲庫吏，專看管宮中的財庫。

（取材自《尹文子．山雉與鳳凰》）

清河與濁河

漂亮是漂亮，但差點死去。那地方，太清、太澈了，什麼都不能做。

小魚兒與大蝦兒都住在西河裡。西河的水混而濁，東河的水清而澈。

小魚兒與大蝦兒每天在西河裡吃飯睡覺，玩捉迷藏，玩得很開心。但有一天大蝦兒來找小魚兒，發現小魚兒悶悶不樂的樣子。

「小魚兒，你為什麼不快樂？來，我們去找東西吃。」

「不了，天天在這種鬼地方混，有什麼意思。」

「那你要上哪去？」

「我昨天聽俏魚兒說，有一條河叫東河，那裡的水清澈透明，光亮美麗，一眼可以看到幾十里外的地方，好好玩吔！」

「既然這麼好玩，我們爲什麼不去看看？」

「對啊，我們爲什麼不去看看？我們一直向東游就會到東河。」

小魚兒與大蝦兒一路說說笑笑來到了東河。抬頭望去，東河的水果然清澈透明，一望無際，好亮、好大，好好玩。小魚兒首先大叫，大蝦兒也不停地跳躍，很後悔爲什麼不早點到這兒來玩！小魚兒說：「這地方這麼大，捉迷藏才好玩呢！」

「對啊，我們來玩捉迷藏！」

「好啊，一二三四……快躲呀！」但兩個小傢伙跑了一陣子，發現沒有地方可躲。

「不好，這地方到哪裡去都是透明的，一目了然，躲在哪裡都看得見啊！」

「可不是嗎？它眞的是太透明了，怎麼連一塊岩石或礁岩都沒有，眞的是無處藏身哪！」

「這裡不能玩捉迷藏，我們賽跑吧。」

「好啊！」

「往哪游？」

「向那邊。」

「那邊是哪一邊？」

「就向那方向嘛！」

「目標呢？」

「目標……，沒有目標啊，它全部透明，什麼也沒有。」

「什麼也沒有，如何賽跑？」

「這樣子，連賽跑都不行……。」

「想不到這地方雖然好看，卻是這麼不好玩。」

「不玩了，肚子也餓了，去找東西吃吧。」

「好，去找東西吃。」

「去哪裡找呢？」

「這地方，清澈透明，不像有東西可吃。」

「對啊，來了大半天，連個小蝦米都沒看見。」

「好像是這樣，看來這地方連吃的都沒有。」

「我好餓，找找看有沒有海草可吃。」

「沒有！」

「那我們回去吧！」

「等一下，我問問別的魚都吃些什麼。」

「可有別的魚？來了這麼半天，也沒有看到別的魚啊！」

「這麼漂亮爲什麼沒有魚住在這裡？」

「因爲沒東西可吃啊！」

「說得也是，我們回去吧！」

「啊！」

「怎麼了？」

「你看，有一隻大沙魚向我們游來！」

「糟了，他來得好快！」

「我們快去躲起來！」

「這地方就是沒地方躲啊！」

「那怎麼辦？」

「快逃啊！」

「逃往哪裡？」

「逃回西河啊！」

「來得及嗎？」

「只好拚命了！」

「逃啊！」

「不行了，他快追上我們了。」

「我們翻轉身，捲起泡沫，使他視線不清。」

「有理！」

「好了，向那邊走！」

「他向泡沫的地方追去了。」

「我們快逃！」

小魚兒和大蝦兒，滿身疲乏，肚子飢餓，狼狽地回到西河。剛好碰到俏魚兒。

「你們是去東河了？」

「是啊！」

「好漂亮吧？」

「漂亮是漂亮，差點死去。」

「哈哈，和我一樣！」

俏魚兒說罷，揚長而去。

小魚兒和大蝦兒從此逢到別的魚，就勸他們別去東河。

「爲什麼不能去呢？」

「那地方，太清、太澈了，什麼都不能做。」小魚兒說。

（取材自東方朔〈答客難〉）

醜陋的女子

忠臣都隱藏在山林裡呢，須知忠臣雖然內心誠實，但外表不討人喜歡，不像諂媚阿諛的人那般可喜，大王又是個喜歡美人、拒絕醜女的人，忠臣哪敢前來呢？

從前，齊國有一個小村落名叫無鹽村。無鹽村中有一個女子，以容貌醜陋聞名，人們都叫她無鹽女。這位無鹽女長相很奇怪，腦袋像石臼，眼睛凹陷，身材肥腫，手脚彎曲，鼻子高翹，喉嚨長結，脖子肥胖，頭髮疏落，皮膚漆黑，總之，集所有的缺點於一身，一看就像是個醜八怪。因此年過三十，仍未嫁人。她的父母爲此很傷腦筋，多方央託媒人，代爲尋找願意娶女兒的男子，甚至開出優厚條件，願將一半家產當嫁妝，送給女婿，但任何男子只要看到無鹽女，就嚇得快快離開，連頭都不敢回。

無鹽女雖然容貌醜陋，但平日在家讀書，很留意當時的政治，她傷心人另有懷抱，對於自己嫁不出去，並不介意。常常反勸父母不必憂心，她說：「女兒或許終究會嫁得一個體面而有見識的男子，爸媽大可不必這樣擔心。」但她的父母並不相信，女兒眞會有如此奇蹟般的歸宿。

不久，無鹽女開始準備行李，好像要出遠門。父母都很擔心，問她要去哪裡。無鹽女淡淡地回答，齊國的國王需要她，她要去見齊宣王。父母以爲她是開玩笑，但有一天早晨，父母發覺女兒不在了。

無鹽女眞的是到齊國的首都去求見齊王了。她對守門的人說：「我是來自無鹽的民女，因爲容貌醜陋，嫁不出去，所以特來求見齊王，希望大王能收容我在他的後宮裡，做他的妃子。我可以每天替他管理宮室，整理花園，使他開心。」

守門的人覺得這是一件很荒唐的事情，想把無鹽女轟走，但無鹽女堅持要見齊王，聲稱守門人若不通報，她絕不離開。守門的人只好向齊宣王報告，門外來了這麼個醜女人，如此這般。

此時齊宣王正在漸台設宴，與群臣飲酒。群臣聽了守門人的報告後都大笑不止，建議宣王把那厚臉皮的女子趕走了事。但宣王說：她膽敢來找我，也許有些本領，姑且叫她進來看看。於是守門人就把無鹽女帶進來了。

無鹽女見到齊宣王，又把她的希望說了一遍。宣王微笑著說：「我後宮中已有許多妃子，都是德容兼備的女人，聽說你在家鄉都嫁不出去，怎敢到這裡來要求我收留你，你可有什麼特別的本事？」

「稟大王，民女並沒什麼本事，只是聽說大王是有德行的君王，故來投效。」

「你沒什麼本事，長得又不好看，怎能自薦爲妃子呢？」

「我聽說，做君主的以外無曠夫、內無怨女爲治國的原則，如今民女年過卅而未嫁，父母憂愁，鄉里譏笑，恐怕累了大王的政聲。故前來投奔，還望大王收留。」

「什麼？你是說，你嫁不出去，竟是我的過錯？我主齊國之政以來，人人安居樂業，男女和順，但你因容貌過於醜陋，自嫁不出去，怎能賴上我呢？」

「大王這話差了，我雖醜陋，在家讀書織布也可以過日子。所以前來投奔，是因聽說大王是有德之君。如今大王見民女多時，絕口不言仁政德行之事，口口聲聲只以民女的容貌醜陋爲題，看來大王只見人之貌，不見人之心，只見太平的外表，不見社稷的危機，大王無德，民女也無話可說了。」

「什麼？我不見社稷的危機？社稷有什麼危機？」

「大王啊，齊國西有強秦、南有楚國，都虎視眈眈在窺伺齊國。大王年已四十，未立太子，天天飲宴歡樂，而群臣只知陪你喝酒不知替你擔憂。後宮多少妃子，沒一個出來勸你少喝酒，多關心國家的事情。你身邊顯然全是拍馬屁的奸臣，和一群面孔好看心中無德的妃子。你內內外外沒有一個像我這樣眞正關心你的人，看來大王的處境十分危險啊！」

「什麼？我的大臣都是奸臣？那麼忠臣都在哪裡？」

「忠臣都隱藏在山林裡呢，須知忠臣雖然內心誠實，但外表不討人喜歡，不像諂媚阿諛的人那般可喜，大王又是個喜歡美人、拒絕醜女的人，忠臣哪敢前來呢？民女的話盡於此，大王保重，民女告辭了。」

「慢著，你不是希望我收留你，爲何又要走了？」

「大王多找一些山林中的忠義才能之士共謀國家大計，民女容貌醜陋，就不打擾了。」

「等一等，我剛才多有得罪，望你不要介意。你暫留幾天，我叫有司準備儀禮，迎你爲王妃，希望你能常常替我關心宮內外的事情。」

無鹽女眞的成爲齊王妃。消息傳回無鹽村，還有人以爲是笑話。

（取材自《新序·雜事》）

PART 3
人我之間

人我之間

可愛的醜人

我，……也不知道有人喜歡我。君侯以為有能力就能得人喜歡嗎？魯國是禮義之邦，君侯以待在下的心情待國人，自然大治，無需處理什麼。

從前衛國有一個人，家財很多，富可敵國，廣廈田園不計其數，人都稱他施百萬。

施百萬膝下無子，只有一個女兒，生得聰明靈秀，施百萬非常鍾愛，雖然前來求婚的公子富商很多，但施百萬一心一意要挑一個出類拔萃的女婿，迄未答應。有一天有一個巨商遠自魯國前來為子求婚，施百萬經多方打聽，知道這位巨商在魯國也是世家望族，而且富甲一方，為人慷慨。他的兒子又據說生得英挺俊朗，文武全才，心中有些願意，就找來女兒，商量此事。不意施小姐一聽要把她嫁給商人之子，立即搖頭表示不願意。

「爹，我年紀尚幼，不急著嫁，就留我在你身邊，多孝順你幾年吧。」施小姐說。

「你的孝心也不錯，但這樣的條件不可多得，回絕了有點可惜。」

「是嗎，女兒倒不覺得他們條件有多了不起。」

「不是這樣說，他們富甲一方。」

「咱們家也富甲一方。」

「那兒子生得眉目清秀。」

「女兒大概也算得上眉目清秀。」

「所以門當戶對啊！」

「女兒的意思，他們有的，我們也都有了，沒什麼稀罕。」

「那你要什麼樣人家才嫁呢？」

「女兒前日出門，看到有一個人在農具店裡買農具。」

「在農具店買農具的人大概是普通農夫罷了，有什麼好看的！」

「那個人要買鋤，店東就拿一把鋤出來，但發覺那把鋤已經生鏽了，店東就要拿進去換一把好的，但那個人卻說不用換了。」

「為什麼？」

「那人說，鋤放在那裡當然會生鏽，他買回去，天天鋤田就不會生鏽。」

「也有道理。」

「當然有理，那個人對店東說話始終溫文有禮。」

「對一個賣農具的也有禮似乎太多禮了。」

「他不因對方是賣器具的就說話放肆，眞是君子。想來他對自己妻子說話會更溫柔體貼……。」

「這個，說得太離譜了，你不是想要嫁給一個農夫吧？」

「嫁給一個農夫有什麼不好，他的溫文仁厚，正是我們所沒有的。」

「簡直荒唐！可知他是什麼人？」

「聽街上的人都叫他哀駘它。」

「啊！這個人我知道，這個人因面貌醜陋而聞名。你不知道？」

陋。」

「我也看到了他，但我只注意到他溫文有禮，並有覺得他有多醜陋。」

「荒唐，荒唐，而且那個人聽說已有妻子。」

「嫁得這樣的人，做妾都甘心。」

「眞是不可思議！」

父女間的對話沒有結果，父親也不同意女兒嫁哀駘它，但女兒也不肯嫁魯國商人之子。但這件事，經魯國商人回去一說，就在魯國傳開了。魯哀公聽到這件事，覺得十分好奇，立即命人去把農夫哀駘它請來。

哀駘它應召而至，魯哀公問他：

「我聽說你家裡也沒什麼錢，你長得也不是很英俊，但衛國男男女女都喜歡你，你究竟有什麼能力呢？」

「我，……好像沒有什麼能力。」

「你若沒能力，爲什麼那麼多人喜歡你？」

「我，……也不知道有人喜歡我。君侯以爲有能力就能得人喜歡嗎？」

「啊，原來如此。先生一言驚醒了我。我想將魯國國政委任先生來處理，先生可願意嗎？」

「這個……大概也沒有必要。魯國是禮義之邦，君侯以待在下的心情待國人，自然大治，無需處理什麼。」

魯哀公還是捨不得讓哀駘它離開，把他留在宮內好幾天，每天和他談論很多事情，談得很開心。但幾天後哀駘它不告而別。魯哀公找不到他，悶悲不樂，哀公變得很想念哀駘它那醜陋的樣子。他想，再也不可能找到如此令人喜歡的醜陋的人了。

（取材自《莊子、太宗師》）

神斧

你可以叫他身體不動，但你無法使他心不動，這種事只要心念稍動，身體就會發生微妙的顫動，就會被劈傷。有朋友，才有絕技，絕技可求，朋友可遇不可求……

從前楚國有一個人名叫立定。有一次他走進石灰房，不小心被一塊石灰濺到了。石灰粘在他的鼻子上，他用手把它彈掉，但仍然有一層薄薄的石灰粘住在鼻子上。大家都勸立定用刀把那層石灰刮下來，免得鼻子上有一塊白色不好看。但立定說，這樣薄的石灰，只有他的朋友成風能刮得乾淨，他要留待數日後去訪這位朋友，來解決這件事。

幾天後，立定走訪他的好朋友成風，成風是一個石匠，天天在石場工作。他的工作是用斧頭將大石劈成一定的大小及形狀。他手中的斧頭銳利無比，他運起斧頭非常熟練，上下左右揮動，神乎其技，還沒看清楚他怎麼劈的，一塊巨石就已經被切成四四方方大小一樣的幾塊石頭，所以人們都稱成風爲「神斧」。他就是因爲運斧成風，而得成風之名，他的原名叫什麼，反而就沒人記得了。

立定看到成風，告以來意。成風看一看立定鼻子上的石灰，凝視良久，又從不同方向目測了石灰的厚度，然後，好像很不在意地說：「這塊石灰粘得很緊，不過我還是可以把它削下來。你站好，別動！」

說時遲，他的右手握着利斧，已經捲起一陣風舉起來了。立定閉上眼睛，凝立不動，只覺一陣急風當頭罩下來，鼻子一涼！

只聽成風的聲音說：「好了」，立定睜開眼睛，只見成風站在面前，氣定神閑，右手還拿著斧頭。立定伸手摸一摸鼻子，覺得鼻子上的石灰已去掉了。他滿意地說：「成風兄好快的身手！」兩人就此道別。

成風揮斧削石灰時，旁邊有一些人圍觀，看到了那神乎其技的斧術，一斧下去，削去石灰而不傷鼻子，簡直太神妙了。於是衆人一傳十、十傳百，這風聲很快傳到宋國國王那裡。宋王聽說，也十分驚異，於是命人把成風請來，對他說：

「寡人聽說，你運斧成風，鬼斧神工，天下無人能與你相比……」

「大王過獎。」

「寡人很想看看你拿一斧削下去毫厘不差，能削去鼻子上的石灰，而不傷到鼻子的絕技，你可願意爲我表演一次嗎？」

「報告大王，小人是曾經有過這樣的絕技。」

「什麼？曾經有過？這麼說，現在已經沒有了？」

「是的，現在已經沒有了。」

「爲什麼？你還沒老啊。」

「因爲，這種絕技，並不是小人一人就能施展出來的。」

「但我聽說，是你一個人做到的啊。」

「並不是這樣。」

「那是怎樣？」

「大王，小人自小以石匠爲業，天天握着斧頭幹活，所謂熟能成巧，最後也就練到了可以一斧削去微小的東西。」

「不錯。」

「一斧削去微小的東西，說起來很難，但也是可以訓練出來的。」

「不錯，是可以訓練的。」

「但那另外一個人，也就是我的好朋友立定，他站在那裡，承受我一斧削下去，卻凝立不動，這份定性，不是訓練可以成就的。」

「哦，那是怎麼樣才可以成就的？」

「我的朋友所以能如此篤定，是因爲他對我的斧術有完全的信任。他非常相信，我絕不會砍傷他。」

「啊，原來如此，原來如此。」

「大王明察。」

「那你這位朋友在哪裡？」

「他死了。」

「死了？」

「是的，正因爲他死了，所以我再也無從施展我的斧術了。」

「好可惜！」

「實在是很可惜。像這樣的朋友，一生中只有一個。」

「我叫一個人，叫他閉上眼睛，由你劈下去，叫他絕對不要動……」

「這是不可能的。」

「我命令他就可能，反正你也不會傷他。」

「你可以叫他身體不動，但你無法使他心不動，這種事只要心念稍動，身體就會發生微妙的顫動，就會被劈傷。」

「有這等微妙？」

「是這麼微妙！」

「寡人失去了觀賞天下絕技的機會。」

「我已失去了唯一的朋友……」

「是了，是了，朋友比絕技更重要，是不是？」

「有朋友，才有絕技，絕技可求，朋友可遇不可求……」

成風一邊說，一邊黯然離開宋王。宋王看着他離去，也沒有阻止他。他了解成風的寂寞。

（取材自《莊子・徐無鬼》）

大葫蘆

惠施好奇，一路跟在後面，想一探莊周拿了瓢要做何用處。只見莊周走到了湖畔，把瓢浮在水面上，在附近撿了兩支樹枝就坐到瓢裡面去，用樹枝當櫓，划到了湖中央，就讓瓢漂浮在那裡，然後開始睡覺。

惠施是一個很聰明的人，一向對很多事情都很有主意。他曾替魏王做事，魏王很喜歡他，就送給他大葫蘆的種子。惠施非常高興，他知道大葫蘆的種子是非常難得的東西，把種子種在果園裡，從此天天等著看大葫蘆。

葫蘆樹長得很慢，很久很久，才長高，長出一個大葫蘆。惠施如獲至寶，把葫蘆摘下來，天天欣賞這個葫蘆，左看右看，只覺得這個葫蘆色澤古雅，形狀長而瘦，十分好看。

這個葫蘆是個大葫蘆，體積大，大約可以裝得下五石米。惠施只顧喜歡，天天捧著看，不看的時候放在餐桌上，餐桌就滿了。移到櫃子上，又覺得太大。

惠施的妻子看著丈夫捧著大葫蘆到處走，無處可放，早就不耐煩了。她說：「你天天看著這個葫蘆，請問這葫蘆有什麼好處呢？」

「好處多著呢！第一，它很好看。」

「哦，它既大又笨，哪一點好看？就算它好看，它有什麼用處呢？」

「用處？……這個用處，一定是有的，我還沒想出來呢。」

「妙得很啊，你是多麼聰明的人，一向果斷，如今看了好幾天，連它有什麼用處都想不起來，顯然這大葫蘆是沒什麼用處了！」

「這話不是這樣說，況且就算它沒用處，放在那兒看看，也犯不著生氣啊！」

「放在那裡看看。你看，它能放在哪裡，咱們家本來就小，這麼個大葫蘆，放在床上就沒地方睡，放在地上就沒地方走，好礙事的葫蘆，依我說，快快拿去送別人。」

「不，不，我想起來了，我把它切開成兩半，可以當瓢用，用來舀水。」

於是惠施把大葫蘆剖成兩半，交給了妻子，滿以爲這樣妻子應該會很滿意了。哪知，過一會，妻子拿著一半葫蘆回來，氣沖沖地說：

「不行，不行，不能用！」

「怎麼又不能用？」

「它皮太軟，裡面裝太滿就舉不起來！」

「那就別裝滿啊。」

「既然不能裝滿，何必要這麼大的？」妻子理直氣壯。

「大能兼小，將就著用吧。」

「不行！」

「怎麼不行？」

「因爲它太大，沒法子伸入水缸去舀水。」

惠施嘆了一口氣，心想，高高興興種了葫蘆，想不到引起這麼多麻煩。這大葫蘆眞是中看不中用啊！惠施問妻子：「依你之之意，這葫蘆該怎麼辦呢？」

「這個……我有一個主意，把它送你的好朋友莊周吧。」

「送給莊周？爲什麼送給他？」

「反正是無用的長物，送掉了，省得佔地方，還佔了人情。」

「但爲什麼送給莊周呢？」

「你這位好友，一向說話誇大，大而無當。他說的話沒有一句是可以用的，就像這大葫蘆一樣，看來很大，實際並不實用。……」

「想不到你觀察他觀察得這麼深入。」

「所以大葫蘆送給他，正是物以類聚，什麼樣的東西送給什麼樣的人。」

「好極了，你一輩子所說的話，就是這一句我最贊成。」

惠施於是抱著大瓢去看莊子。

「老兄，魏王送了我葫蘆的種子，我把它種了，好久才長出一個大葫蘆，我把它剖成水瓢，又大又好看，特地拿來送給你。」

「這……這瓢的確好看，但是這麼好的東西，你自己留著用吧。」

「這個就不客氣了，我內人說，這樣好的瓢，只有老兄配享用。」

「這就太照顧我了，如此說來，就謝了。」

「什麼？」

「我說我就接受了。」

「啊，你就接受，啊！我總算送出去了。」

「你說什麼？」

「我……沒有說什麼，我是說，好容易，這麼好的東西找到眞主人了。」

惠施把瓢交給了莊周，只見莊周笑咪咪地捧了瓢，並不回家，卻向湖邊走去。惠施好奇，一路跟在後面，想一探莊周拿了瓢要做何用處。

只見莊周走到了湖畔，把瓢浮在水面上，在附近撿了兩支樹枝就坐到瓢裡面去，用樹枝當櫓，划到了湖中央，就讓瓢漂浮在那裡，然後開始睡覺。

惠施見了這狀況，頓有所悟，急急跑回家，把剩下的半個葫蘆拿出來，就要往湖邊跑，妻子攔住了他，問他要做什麼，他頭也不回。只丟下一句話：「這麼大的葫蘆，本來就不是放在家裡的！」

（取材自《莊子・逍遙遊》）

相命師

相命這種事，並不需要很深的道行，只要有一點觀察的能力，能觀察人的身體健康狀態並猜測人家心中在想什麼，就可以了。

從前鄭國有一位神巫，擅長相術，又能卜卦，他相人，舉凡這個人將會有好事、災禍，或將生病、死亡，他都能精確地預言，連災禍、病、死什麼時候會發生，他都能說出來，到那個時間，災禍就眞的發生，靈驗無比。

鄭國的人民知道這位神巫季咸先生預言很準，都很怕他，一看到他，就趕快逃避躲藏，生怕被他看見，萬一說出了什麼不吉利的話，那可是令人很擔心。所以季咸先生眞的是遠近聞名，有人很尊敬他，說他是神仙，也有人害怕他，覺得他能透視人的命運簡直太可怕了。

列子聽到季咸先生的名氣，非常景仰，特別去拜見季先生。季先生稍稍一看，就說出列子半生的命運來，令列子覺得他實在是神妙到不可思議的地步。列子回到他的師父壺子的地方，就把他見到季咸先生的經過詳細說了一遍，然後說：「當初我以爲老師的道行是最深的了，想不到還有道行更深的人，眞眞令人驚異。」

但壺子不以爲然地說：

「但季咸先生不過是一個相命師而已。相命這種事，並不需要很深的道行，只要有一點觀察的能力，能觀察人的身體健康狀態並猜測人家心中在想什麼，就可以了。」

「人的心中想什麼，也是那麼好猜的嗎？」

「你們因爲道行淺，所以喜怒形於色，一下子就被人看出心思了。」

「原來如此，這麼說，若叫他來看老師，想必是看不出來的了？」

「你大概有些不相信，明天不妨請他來看看我。」

於是，翌日，列子請季咸先生一起來看壺子。季咸略略一看，神情大變，拉著列子到外面，很急促地告訴列子：「不好了，你老師快要死了。我方才看他的相，陽氣已滅，生機已盡，大概不出十天，就會死去。」

列子一聽，放聲大哭，回來告訴老師這個壞消息。但壺子卻說：「你放心吧，我不會死的。我剛才故意讓他看到我沒有生機、缺乏陽氣的狀態。你明天再請他來相一次。」

翌日，列子又請季咸先生來相壺子。季咸看了很久，似乎有點疑惑的樣子，看完又把列子拉到外面去說話。他說：「你老師有救了，他幸而遇到我，如今生機開始活動，陽氣有些恢復了。」

列子聽了很高興，回來告訴壺子：「季咸說你已經轉危爲安了呢。」壺子微笑著說：「是這樣嗎？你請他明天再來看看。」

「明天又會不一樣嗎？」

「來了便知。」

翌日，列子又請季咸來相壺子。季咸左看右看，大爲驚慌，把列子拉到外面：「你老師的身體很奇怪，生機和陽氣都來來去去，浮動而不固定，到底有沒有生病，會不會死，目前看不出來，等他的氣比較穩定了，我再來相他吧。」

列子把這些話告訴壺子，壺子說：「可見相命師的能耐只此而已，你只要把心情含蓄起來，氣息稍稍調整一下，他就弄不淸楚了。」

「您的意思，季咸先生的能力只能看到表面而已。」

「我的意思，他也只能在愚夫愚婦面前賣弄，招搖撞騙而已。」

「但他自己恐怕不這樣想。」

「他還不服氣嗎？那麼你明天再請他來一次，看看他服不服氣。」

「他可能不願意來了。」

「他會來的。」

「怎麼知道？」

「他剛才看不出我是怎麼回事，心中有些疑惑，但表情上仍有一點不服氣。他大概認爲他沒有看不出的道理，所以你只要請他，他還會來的。」

「看樣子，倒是老師在相季咸先生了。」

「相命，本來只是一種普通的技術，雜以招搖的伎倆，故意說些玄奧難懂的語言，一般人就上鉤了。事實上，人不過是憑閱歷和知識觀察別人罷了。」

翌日，列子果然又把季咸先生帶來了，季咸先生剛跨入門，抬頭望見壺子端坐在那裡，人好像輕飄飄地沒有質量的樣子，又好像根本沒有這個人。季咸先生驚叫一聲，奪門而逃。壺子說：「把他追回來！」列子追了出去，但很快就回來說：「他已逃遠了，找不到了。」

壺子微微一笑，說：「剛才他幾乎看不見我，所以落荒而逃。」

（取材自《莊子・應帝王》）

雲將與鴻蒙

辦法能解決問題，但也會製造另外的問題。於是又另想一個辦法來解決另外的問題。這辦法又生出問題……。如今你就是天天在想辦法管理百姓，辦法愈多，問題也愈多，終於你不知如何是好了。

雲將是一個國王，鴻蒙是一個野人。

雲將一天到晚忙著管理百姓，主持祭祀，累得心力交瘁，而百姓仍然天天吵鬧，不能安居樂業。爲此，雲將非常苦惱。

有一天雲將到東方去，在一棵神木枝上休息時，看到山谷裡有一個人不斷地跳躍，狀甚開心的樣子。雲將心中一動，想：世界上竟然有這麼開心的人，眞是很少見到，我要問問他爲什麼這麼開心。

雲將走下來，慢慢走近，對那人說：

「老先生是什麼人？爲什麼這樣跳個不停？」

「我在玩啊！」老先生邊說邊不停地跳。

「請問先生，爲何會這麼開心？」

「開心，是沒有什麼原因的。不開心才有原因。」

「啊！先生一語驚醒夢中人，敢問先生怎樣稱呼？」

「我……好像有個名字……他們都叫我鴻蒙。」

「原來是鴻蒙先生，晚輩有十分疑難的事，想請教先生。」

「十分疑難的事何必理它。」

「不然，我是西方的國王，必須要治理國家、管理百姓，我自信已經盡心盡力，但最近天氣不和、地氣鬱結、風雨失調、大地乾旱、河川無水，所以六畜不育、稻米歉收、百姓騷動、鄉里不安，我不知該如何是好，請問先生可有良策。」

「我沒有。」

「先生看來是很有本事的人，怎會沒有？」

「我就是沒有本事，才終日在此跳來跳去。若有本事，恐怕就像你愁眉苦臉了。」

「先生可有什麼可以教我的？」

「沒有。」

雲將聞言，大失所望，又見鴻蒙很冷淡的樣子，只好離開。

三年後，雲將再路過宋的邊境，又看到鴻蒙在荒野上跳來跳去，心中大爲高興，立刻向前打招呼。

「鴻蒙先生忘記我了嗎？我們三年前見過一面呢。」

「啊，你三年前的事情都還記得，眞是想不開啊！」

「鴻蒙先生教訓得是，只是我自三年前未能得到老先生的教誨，三年來國事日益紊亂、百姓日益困苦，我不知如何是好，所以再來請教老先生。」

「這三年來，你都做什麼來著？」

「我日夜講究經國濟民的方法。」

「講究好了沒有。」

「沒有。」

「爲什麼？」

「大概因爲我太笨了。」

「也可能因爲你太聰明了。」

「願先生說得詳細些。」

「很久很久以前，堯爲天子。那時候人都很笨，堯本人就是很笨的。」

「原來如此。」

「堯每天什麼都不做，只看著百姓耕田種菜。他自己很開心，百姓也都很快樂。堯不管百姓，百姓也不管堯。大家都沒有什麼苦惱。」

「後來呢？」

「後來堯把天子位讓給舜。」

「舜怎麼樣？」

「舜覺得堯很看得起他，把帝位傳給他，他必須要有一番作爲，才對得起堯。」

「也有道理。」

「於是舜訂出了很多獎勵的規定，凡是工作特別賣力或對社會特別有貢獻的就給他獎賞。」

「很好的辦法。」

「好是好，因爲有獎賞了，人民之間開始有些爭論，爭論誰該得到獎賞。抱怨爲什麼自己沒得到獎賞。」

「啊，這就不大好了。」

「這當然不是很好，至少沒有堯的時候好。」

「是啊。」

「後來舜又把帝位傳給禹。」

「禹怎麼樣？」

「禹想只是獎賞人民，那麼人民若做了壞事怎麼辦呢？」

「也有道理。」

「於是禹訂出了罰則。凡做壞事的就加以處罰。」

「高明的辦法。」

「就是因爲太高明了。」

「太高明了就怎樣？」

「堯在世的時候，他什麼辦法都沒有，大家都自然地過日子。」

「那不是很好？」

「但是舜繼承，禹又繼承，一個比一個聰明，一個比一個有辦法。」

「有辦法就是能幹。」

「辦法能解決問題，但也會製造另外的問題。於是又另想一個辦法來解決另外的問題。這辦法又生出問題……。」

「原來如此。」

「如今你就是天天在想辦法管理百姓，辦法愈多，問題也愈多，終於你不知如何是好了。」

「原來如此。」

「想必你很累？」

「是的。」

「忘記了那些事。有空就跳跳舞、鬆動筋骨，看看天空放寬心懷。」

「這樣就好了？」

「這樣就好了。」

「怎麼這麼簡單。」

「世上凡是好的東西，事理都很簡單。」

「謝謝你，我有些明白了，我要回去想想……。」

（取材自《莊子、在宥及天地篇》）

野馬與良驥的對話

野馬目送著光鮮的——感覺上似已不似先前那麼光鮮——的馬及馬車走出很遠，慢慢地不見了，這才吁了一口氣。不知何故，牠爲那光鮮的馬衷心感到難過，眼淚掉了下來，久久都不記得自己的饑餓。

有一匹野馬，天天在荒野上馳騁徘徊。由於經常受風霜烈日之苦，鬃毛污染，全身骯髒，而且常常找不到東西吃，餓得身體疲乏，四腿無力。

一日，牠來到一條鄉間道路上，看到道路旁站著一匹馬，鬃毛美麗，全身光鮮，昂首嘶鳴，中氣十足，瞧牠的神氣，睥睨周圍，不可一世的樣子。野馬心想，瞧牠的樣子，吃得很飽的樣子，何不問牠一下，牠是在哪一片草地上吃的草。於是牠慢慢走近那匹光鮮的馬。

「老兄，你好像精神很好啊。」

「你好像精神不好，敢是生病了？」

「不是，我餓了好幾天。」

「餓了？為什麼不吃草呢？」

「正想問你，你都是在哪一片草地吃草？」

「哪一片草地？我不必到草地吃草，我吃草都是工人割了一束一束的拿來餵我。」

「有這樣好的事情，工人為什麼要這樣伺候你呢？」

「因為我的主人叫他們這樣做啊。」

「你的主人是誰？」

「伯樂。」

「伯樂？」

「怎麼？你連伯樂都不知道，難怪你會餓肚子。」

「我為什麼該知道伯樂？」

「伯樂是最懂馬的人，所謂伯樂知馬，普天之下無人不知。生而爲馬，能得伯樂的知遇，是最大的榮耀！」

「原來如此，怪不得你吃得光鮮肥肚，原來有個好主人。」

「可不是嗎？看你餓得慘兮兮的，這樣吧，一會兒你跟我走，我帶你見我主人。如果你筋骨還好，他會收留你，你就天天有得吃了。」

「謝謝，謝謝，我這會兒就跟你走。」

「我現在還不能走。」

「爲什麼？」

「你沒看見，我口上有轡勒，連著繩子，繩子拴在木柵上嗎？」

「你爲什麼被拴著？」

「這是主人的規矩。出門，一定是出來辦事，或是有人騎著，或是拉輛馬車，走到那裡，趕車的人進去辦事，我們就拴在馬柵邊，等候趕車的人出來。」

「這太不自由了吧？」

「你要自由，就沒草吃。我們當初承伯樂大人收留，先受訓練，還要用鐵烙印，剪毛、削蹄、釘蹄鐵、套上背鞍、用勒絆牽引，然後訓練跑、走、停、轉的技術，一切都行了，然後每天照他的規矩出門、回家、吃草、睡覺。他可把我們養得很好，但我們能得到這樣的地步，也不容易哪。」

「這……聽起來好像並不好玩。」

「你不願意，就拉倒。什麼叫做好玩，像你餓得奄奄一息，就好玩了？」

「你好像很喜歡現在的處境？」

「當然了。你自己比比看，我的樣子和你相差多少。我每天走出來，通衢大街上，人人都指指點點：看，那匹馬顏色光鮮，鞍轡燦然，昂首闊步，多麼神氣，這才叫做駿驥啊！」

「果然神氣。」

「我還不是最神氣的。」

「爲什麼？」

「因爲我只是良驥，還不算是千里馬。」

「千里馬就怎樣？」

「千里馬的話，主人珍惜得很，就不叫牠拉車載貨，只偶爾戴著主人出去，從這個市集奔馳到那一個市集，頃刻便到。人們爭相圍觀，指指點點地說：看哪！那就是伯樂的千里馬。你看伯樂駕御牠多麼得心應手，牠跑得像風一樣快，牠跑起來，你看都看不清楚，就過去了！」

「啊哈，眞神氣！」

「神氣吧？」

「是很神氣……不過……」

「不過怎樣？」

「背上如果不載個人，就更神氣了。」

「載個人！你要弄清楚，那個人是伯樂哪，你不是千里馬，他還不騎哪！」

「啊，說得也是，幸虧……我的意思是……我反正也不是千里馬。」

「你不經過伯樂的訓練又怎知自己是什麼馬。」

「我……我想我不要。」

「眞沒出息！」

正在這個時候，駕車者走過來了。野馬趕快站到一旁。說也奇怪，那光鮮的馬，一看到駕車的人，昂首神氣一下子就消失了。駕車的人拿起軛木，光鮮的良驥馴良地低下頭自行套入，接著是駕車的坐到車上，手中皮鞭一揚「嗶」的一聲鞭落馬背上，那光鮮的馬一點聲音都沒發出來，靜靜地向前起跑。

野馬目送著光鮮的——感覺上似已不似先前那麼光鮮——的馬及馬車走出很遠，慢慢地不見了，這才吁了一口氣。不知何故，牠爲那光鮮的馬衷心感到難過，眼淚掉了下來，久久都不記得自己的饑餓。

（取材自《莊子・馬蹄》）

趕羊

單豹只顧修養身心，忘了自己還有一個外形，老虎就吃掉了他的外形。張毅只顧打扮外形，忘了自己的心身，結果病入心身，就死了。

周朝末年的時候有一個讀書人名叫田開之，有一天來到河南，拜見周威公。威公知道田開之是祝腎的弟子，就問他：

「我聽說祝腎是很有修養的人，已看破人生生死的道理，你既跟他學習，一定聽到什麼好言語吧。」

田開之想了一想說：

「也沒有別的，家師只是教我們養生有如牧羊，一群羊往前走，有那走得慢特別落後的，就要鞭打牠，催牠快走。」

「啊，好深的道理，請問特別落後是什麼意思？」

「從前魯國有一位有道之士名叫單豹，住在山巖之間，每天只喝泉水、吃樹葉，修身養性，不與別人爭利。」

「確是有道之士。」

「因此，他到了七十歲，還面色紅潤，有如嬰兒。每日心中快樂，覺得很滿足。」

「理當如此。」

「可是有一天，他在林中喝泉水時，突然出現了一隻老虎。」

「哎啊，這不得了。」

「這是很危險的狀況，但是單豹是有道之士，他想虎喝牠的水，他喝他的水，泉水很多，誰也礙不著誰。」

「道理本來如此，只是不知老虎知不知道這個道理？」

「老虎顯然不知，所以對著單豹吼嘯，作勢欲撲。」

「單豹該早早走避。」

「是的，但單豹以爲自己是修道之士，沒有什麼可怕的事情，虎雖猛，但豈能傷害無辜之人？」

「這想法是否也太天眞了？」

「老虎似乎並不知道單豹是有道之士，見單豹不逃，一躍撲上去，就把單豹吃了。」

「就這麼吃了？」

「難道老虎還跟人客氣，老虎餓了就要吃肉，在老虎眼裡，單豹也只是一塊肉而已。」

「可憐，可惜。」

「實在可惜。單豹是修道之人，修的是他的內心，老虎卻只看到他的外形，吃了他的身體。」

「啊，原來如此。」

「還有一個人。」

「又有一個人？」

「這個人名叫張毅，是一個很能幹的商人。每天打扮得整整齊齊，坐著馬車，四出去拜訪高官豪商，與有勢力的人飲宴酬應。」

「好神氣！」

「他是很神氣，不但注意自己的儀表，連僕從的服飾、儀容都很挑剔，每天出門氣派很大，路人圍觀，豪門都走出大門來迎接他。」

「他應該是很得意了。」

「他爲此躊躇滿志，每天就這樣忙進忙出，卻因爲太忙碌了，生起病來。」

「他該好好休息。」

「他看重的是體面，每天有病仍然一早起來打點各種事情，又打起精神外出應酬。」

「這簡直是拚命的做法嘛！」

「可不是，因爲他全力應付外事，既不修身也不養身，病情惡化，最後變成心頭發熱，無法支持，過不了多久，就死掉了。」

「啊，就這麼死掉了？」

「就這麼死掉了。」

「這個人和剛才的單豹有什麼關係嗎？」

「有的。單豹只顧修養身心，忘了自己還有一個外形，老虎就吃掉了他的外形。張毅只顧打扮外形，忘了自己的心身，結果病入心身，就死了。」

「原來如此。」

「這兩人忘了的事物，就是家師所說的落後的羊。落後的羊要注意牠，逼牠趕上去，以免走失了。」

「如果單豹始終沒有遇到老虎，豈不是也很好？」

「不然，修身養性的人，最後應該怡然自得，平平安安活在世上，被虎吃掉就不平安了。」

「這是什麼意思？」

「會遭遇不平安，必有招致不平安的原因。這原因應該自己知道，自己鞭策，沒有什麼藉口……。」

「啊，我明白了，恐怕你也覺得我的處境不是很平安，我會努力趕羊……。」

（取材自《莊子．達生》篇）

神射手

天地就是羅網，麻雀在裡面，人也在裡面，本來很難說誰是誰的。我每天與麻雀相觸，情感相通，覺得彼此同病相憐，互相擁有。但你射死牠，又怎能擁有牠？

從前有一個射術很精的人，名叫后羿。后羿有一把天下最好的弓，黃色中帶有很神秘的光澤。后羿很愛這把弓，天天摩擦它，擦得很乾淨。后羿又以最好的木材套上最銳利的鏃，做成最好的箭，常常帶在身上。

后羿的射術好到不但百步之外，能射中任何標的，就是在空中飛來飛去的麻雀，他也能一箭就把牠射下來。人們都稱他是神射手。

有一天，有一個名叫庚桑楚的人，在原野上看到后羿。庚桑楚看后羿一手拿弓一手拿箭，目不轉瞬地看著天空。就走近他，說：

「閣下想必就是鼎鼎大名的后羿先生了。」

「不錯，在下正是后羿，兄台貴姓？」

「在下複姓庚桑，單名楚。」

「原來是庚桑兄，你怎麼會來到野地上呢？」

「你不是也在野地上嗎？」

「我是在這裡射麻雀，但老兄在這裡做什麼呢？」

「我在這裡看麻雀。」

「看麻雀？麻雀有什麼好看呢？」

「先生此言好奇怪，麻雀既然沒什麼好看，何必射牠？」

「這話更奇怪了，麻雀被我射下來就是我的。但你光看，有什麼用呢？」

「聽說后羿先生箭不虛發，射麻雀射得很有收穫了？」

「那是當然。麻雀只要飛過來，被我看到，我一箭射出，很少落空。」

「佩服，佩服。先生天天這樣射麻雀，一天可以得到幾隻麻雀？」

「少說也有一、二十隻。」

「只有一、二十隻嗎？」

「兄台好大的口氣，換你來射，恐怕一隻都射不到。」

「有些人要麻雀，並不一定用箭去射。」

「兄台是有更好的辦法了？」

「先生號稱神射手，而一天所得不過一、二十隻麻雀，先生可知爲什麼嗎？」

「倒要請教。」

「因爲先生雖然善射，無奈麻雀有時候飛過來，有時候不飛過來。牠不飛過來，你也只好站在那裡乾耗著，是不是？」

「兄台有什麼更好的辦法？」

「有人在樹林裡張網，張好了網，就回去睡覺了。一覺醒來，再去收網，網裡就有好幾十隻麻雀。」

「這也是一個辦法，但這樣做，其實是投機取巧，顯不出本領來。」

「先生是爲了顯本領呢？還是爲了要麻雀？」

「這……我有此本領，以射麻雀，麻雀被我得到，也是應該的。爲顯本領，爲得麻雀，我都當之無愧。」

「啊，本領眞是害人不淺！」

「你說什麼？」

「我說，你只因有本領，所以要射麻雀，所以一天只能得一、二十隻麻雀。」

「兄台如此取笑我，想必是有更大的本事？」

「我就是沒有本事，所以不必射麻雀。」

「那麼兄台每天做什麼呢？」

「沒事可做。」

「既然無事可做，何不也學學射術，在下願意傳授一二。」

「這卻不敢當，先生如此自信，在下無話可說，就此告辭。」

「兄台要回去張網了嗎？」

「我的網，是不必張的。」

「此話怎麼說？」

「我以天地爲羅網，麻雀盡在裡面。」

「哈哈，兄台敢情是在說笑話？麻雀在空中飛，與你何干，怎麼算得是你的？」

「天地就是羅網，麻雀在裡面，人也在裡面，本來很難說誰是誰的。但在我住的地方，我每天以穀粒餵麻雀，麻雀停在我手上吃穀子，並不怕我，我們如此相親，也算得是互相屬於彼此了。何必以箭射牠，才算擁有？」

「兄台的話，大而空洞，我不懂。」

「很簡單，我每天與麻雀相觸，情感相通，覺得彼此同病相憐，互相擁有。但你射死牠，又怎能擁有牠？」

「這個……」

（取材自《莊子．庚桑楚》）

身體與土地

別人的土地，於我有用？你多佔一塊土地，就得多照顧一塊土地。天生人民，賦與土地，如同天生性命賦與身體，一條命，一具身體，生養呼吸，足以維持性命就對了。爲什麼要去搶別人的身體？既不必搶別人的身體，也不必搶別人的土地。

齊國的田牟和魏國的魏瑩訂了和好的盟約。但不久田牟卻背盟，侵攻魏國。魏瑩很生氣，想派人去暗殺田牟。公孫衍知道這件事，就來見魏瑩。公孫衍說：

「君侯是萬乘的君主，卻派刺客去暗殺人，這種做法太沒風格了。請給我三十萬的軍隊，我去和齊國堂堂決戰，把田牟消滅了，這才是大國的做法！」

季子聽到了公孫衍的主張，立即表示反對。他說：

「君侯築了很高很大的城樓，剛剛築好，怎忍心又把它拆掉。魏國已經有七年沒有打過仗。人民可以休息，國家可以生產，這就是君侯的功德。公孫衍是愛作亂的人，不可聽他的話。」

華子聽到了季子的話，也表示反對。他說：

「主張打仗的人是作亂的人，主張不打仗的人也是作亂的人，凡是議論打仗或不打仗的得失的人都是亂人。」

魏瑩被他們幾個人說來說去，有點無所適從。於是召見華子，悄悄問他：「這事該當如何？」

華子不急不忙，從容問魏瑩：

「兩國打仗，到底是爲了什麼？」

「總是爲了爭地！」

「地有那麼重要嗎？」

「國土當然是重要的！」

「重要到什麼程度？」

「很重要。」

「比君侯的雙手重要嗎？」

「這個，很難比較。」

「譬如這裡有一張地契，地契上寫著把全天下的土地都給你，你伸手出來拿到地契，天下的土地就歸你所有了。但有一個條件，你用左手拿到地契，就要砍去右手。用右手拿到地契，就要砍去左手。這樣，你肯伸手出來拿地契嗎？」

「不肯。」

「這麼說來，全天下的土地都沒有你一隻手重要。你的手又沒有你的身體重要，這是很明顯的事情了。」

「可以這麼說。」

「但如今君侯天天盤算要如何去和敵國爭地，還可能只是一塊小小的地，並不是全天下的地。為了這些地，君侯日思夜想，把身體都弄壞了，這不是很矛盾嗎？」

「想爭地，就一定會把身體弄壞嗎？」

「試想，你想要地，對方也想要地，你奪過來一塊地，他就少了一塊地。他奪過去一塊地，你就少了一塊地。這中間總是有人不肯罷休的。」

「不錯。」

「你奪了一塊地，一方面必須配置軍隊，鞏固城防，以免已經得到的土地又被搶回去！」

「當然。」

「另一方面，你又想再去奪另一塊地，才能不斷地拓展疆土……」

「說得不錯。」

「如此下去，豈不是沒完沒了，你什麼時候才能安心休息呢？」

「這個……就難說了。」

「這就是了，一個人長期憂慮苦思，對身體大大不好，萬一有一天得了土地卻壞了身體，甚至土地也失去，身體也失去，豈不是很划不來嗎？」

「不錯，常常也有人勸我不要去爭土地，但他們通常以王道和仁義的道理勸我，倒從來沒人以身體重要的理由勸我。」

「是的，身體是人唯一擁有的東西，應該珍惜。而且一個人有了自己的身體，不會想去佔據別人的身體。但人有了自己的土地，仍常常想去佔據別人的土地……。」

「對啊，這是爲什麼呢？」

「因爲別人的身體，於我無用……」

「別人的土地，於我有用？」

「不對，別人的土地，於我有害，只是大家沒發覺這道理。」

「道理如何？」

「你多佔一塊土地，就得多照顧一塊土地。土地長出來的穀物、鳥獸固然歸你所有，這土地上人民饑饉、天災水患、敵國入侵、境內造反，也都歸你操心。」

「那也是沒法子的事情。」

「天生人民，賦與土地，如同天生性命賦與身體，一條命，一具身體，生養呼吸，足以維持性命就對了。爲什麼要去搶別人的身體？既不必搶別人的身體，也不必搶別人的土地。道理就是這麼簡單……。」

「啊，先生所言，似有至理，容我再想……。」

「君侯好好想想，也不必再聽那些大夫們的議論了。」

「是了，是了……」

魏瑩閉門不朝十天。十天後放棄打仗的準備。

（取材自《莊子・則陽及讓王》）

韓娥的歌聲

由於她的歌聲出自肺腑，聽的人都感動得流下眼淚。而且聲韻充滿屋宇，久久回響不絕。韓娥唱完歌，千謝萬謝，謝了飯店主人，繼續向東走了。但飯店中充滿的聲韻，仍然不斷地在樑柱間環繞回響，好幾天後很多人都以爲韓娥還在那裡唱歌。

從前衛國有一個女子，名叫韓娥，她會彈琴，又能唱歌，嗓音清脆響亮、聲澈雲宵，聽到她的歌聲的人，都會精神一振，久久感動。

有一次，韓娥到齊國去旅行。走了好幾天，隨身攜帶的乾糧都吃完了，又無錢買食，餓了兩天，實在挨不下去了，走到一家飯店門口，向掌櫃的細聲細氣地說：

「我吃盡了乾糧，無錢買食，我身無長物，只生平還會唱幾首歌。主人可不可以讓我在您飯店裡唱歌給客人聽聽，賞我一碗麵吃。」

「啊，看來你已經好幾頓沒吃飯了，看你臉色蒼白，搖搖欲墜的樣子，可憐你一個姑娘家，怎受得了這樣苦，快快到裡面來坐下。」

「謝謝主人，我只求唱歌換一碗麵……不知可不可以？」

「當然可以，你先進來。來，小二，下一碗麵，拿兩個饅頭，另外配兩樣小菜，給這位姑娘。」

「謝謝主人，我先唱歌，才好吃麵……。」

「那怎麼行，你都快要站不穩了，唱不唱歌，先吃了麵再說。」

「這麼說叨擾您了。」

「不要客氣，你儘管吃，不夠再添。」

韓娥吃了一碗麵，連同兩個饅頭也吃下了，腹中稍感溫暖，坐一會兒，漸漸恢復了體力。她想起飯店主人，素昧平生，卻那麼慷慨待人，救了自己的危難，心中充滿感激。她生平愛好唱歌，練就一副好嗓子，每當心情開朗或心中感動時，就會自然引吭高歌，唱出她的感情。她既感激飯店主人對她的仁慈，也就把這份心情用高亢的聲音唱了出來。

她唱道：「時秋涼兮，草木凋零。路漫漫兮，女子飢。逆旅主人兮，恤弱女。賜飲食兮，爲仁慈……」。

由於她的歌聲出自肺腑，聽的人都感動得流下眼淚。而且聲韻充滿屋宇，久久回響不絕。韓娥唱完歌，千謝萬謝，謝了飯店主人，繼續向東走了。但飯店中充滿的聲韻，仍然不斷地在樑柱間環繞回響，好幾天後很多人都以爲韓娥還在那裡唱歌。

韓娥向東走了好幾天，那飯店主人送給她的乾糧又吃完了。一天，她又飢乏地來到一家客棧。她看到客棧裡有許多客人在那裡吃飯，心中一喜，想：敢情可以照前日的方法，唱歌換一碗麵吃。但當她向掌櫃的提出這個請求時，卻意外地遭到掌櫃一頓搶白。掌櫃說：

「我這裡賣麵賣飯，你有錢就來買，誰稀罕你唱歌！」

「我就是沒錢，但餓了好幾天了，求你可憐我孤身在外……。」

「可憐你！那我麵食血本無歸，誰可憐我啊！」

「我前幾天，在另一家飯店也是唱歌……。」

「你趁早給我滾開，別在這礙事。小二！把這瘋女人轟走！」

只見一個粗漢走過來，他那油膩的手往韓娥肩膀上一搭，就要推她出去。韓娥是個姑娘家，想到爲了求一點食物，遭到這樣的侮辱，心中悲哀，不覺大聲哭了出來。她的嗓門本來高，這一哭震驚了全客棧裡的客人，許多客人被她的聲音感染，也悲從中來，泫然欲泣。

韓娥推開小二的手離去了。但她方才一哭，聲音淒楚，雖然人已經走了，但餘悲嫋嫋，縈繞樑柱之間，久久不停。大家也受到影響，每人都覺得心中悲苦。突然有人叫了出來：

「那女子走了很久了，爲什麼悲音不停呢？」

「對啊，這太奇怪了。」

「莫非是邪魔的聲音。」

「不，那女子並非常人，如今她雖走了，但因冤氣不散，所以仍有悲聲。看來這客棧不能住了。」有一個老者說。大家聞言，紛紛整理行李就要離開客棧。這時掌櫃慌了，他說：「各位客官別走，這事因我而起，但總有解決的辦法，各位且先不要走。」

老者建議，派幾個人騎馬去把那女子追回來，好好待她，於是有兩個客人自告奮勇，騎馬追去了。

過不了一會兒，兩客人果然把韓娥帶回來了。大家一擁而上，紛紛送上麵食肉類，並且要每人捐一些錢送給韓娥。韓娥見大家熱情洋溢，與那客棧掌櫃大不相同，轉悲爲喜說：「多謝各位賜食相助。小女子也用不了這麼多錢，只要一半就夠了。」於是吃了飯，拿了一些錢準備上路。大家又求她唱一首快樂的歌，以沖掉剛才的悲聲。韓娥莞爾一笑，唱道：「有主人兮貪酷，待路人兮如仇。幸多人兮挽留，慨解囊兮相濟，雍門有德兮長久，弱女受恩兮畢生不忘……。」

她的歌聲一出，充滿客棧的悲聲自然消失，到處趕變成快樂的回響了。

（取材自《列子・湯問篇》）

不要記憶的人

恢復記憶有什麼好？我本來自由自在、心情開朗，走到哪裡算到哪裡，什麼都不記得，什麼負擔都沒有。

從前宋國陽里地方，有一個人名叫華子。

華子不知何故患了喪失記憶的病，早上拿了東西，晚上就忘記，晚上給人東西，次日早晨就不記得。在路上會忘記走路，在房間內會忘記坐下。任何事情到了他這裡就先後顚倒，沒有次序。

他這病愈來愈嚴重，他家裡的人都非常擔憂。他們請專司卜卦的史官來卜卦，也卜不出所以然來。請法師作法祈禱，沒有效果，請醫師來診脈下藥，依然如故。全家的人，都不知該如何是好。

有一天，有一位來自魯國的儒生，自言能治好這樣的病。華子的妻子聞言，抱著一線希望，表示如果眞的治好了，願意拿出家裡全部財產的一半送給儒生。儒生說：

「我不卜卦，也不祈禱，更不用藥。這是心病，要從他的心智去變化，才能知道怎麼做。」

儒生於是把華子的衣服脫掉，看看他會不會覺得冷。華子果然覺得冷，要求給他衣服。儒生又不給華子吃飯，讓他挨餓。華子餓得受不了，要求吃飯。儒生又把他關在黑暗的地方，華子一直叫嚷要出來。於是儒生說：「看來他對各種痛苦都有感覺而能反應，大概是可以治療了。但我施法的時候不能讓人看見，我要和他單獨住在一個房間住七天，替他治療。這七天中間，你們任何人都不准窺探，不准進來，不准喧嘩，若是窺探，這治療就不靈了。」

華子的妻子自然是一切依儒生的吩咐，不敢窺探，連走近那房間都不敢。

七天後，儒生走出房間，對華妻說：「治好了！」華妻喜出望外，感極而泣，走進去，和丈夫話家常，談起從前的事，丈夫果然好像都記得了。

於是一家人歡天喜地，擇定吉日，大宴親戚朋友，對所有的人宣佈，華子的健忘症已治好，並完全恢復記憶，爲此大宴賓客，以爲慶祝。

親友們紛紛議論，天地間有如此神妙的醫術，那麼難醫的病，群醫束手，儒生卻七天七夜就把他治好了。其中也有一些人表示懷疑，當眞醫好了嗎？似乎有點不可相信。華子從前都把我們忘了，認不得我們，今日怎麼不見他？何不把他叫出來，看看他認不認識我們，若果然認識我們，而且說得出過去和我們說過什麼話、做過什麼事，這才能相信華子的病是眞好了。

華妻聞言，也覺有理，於是叫人去請華子出來，見賓客。但許多人到處找，卻找不到華子。

奇怪，華子早晨還在，怎麼這會兒不見了。大家開始有點緊張，深怕華子舊病復發，又不知道跑哪裡去，忘記了怎麼走回家。

華妻尤其十分著急，尋遍前院後園、街坊鄰舍，最後在豬舍的角落，找到他面帶愁容，凝視著豬舍裡的豬。

「你在這裡做什麼？大家到處找你，賓客都來了，等你出去招呼他們，你爲什麼躲在這種地方？」

「賓客來做什麼？」

「來祝賀你記憶復原了啊！這是天大的喜事，你快出來。」

「這是喜事嗎？」

「你說什麼？」

「這怎麼會是喜事！」

「你又怎麼了？」

「不怎麼樣。」

「那你說病好了，怎麼不是喜事？你一直病得好嚴重，現在好不容易好。」

「我覺得我一直很好，現在好像病了。」

「你說什麼？你眞豈有此理，我找多少大夫爲你治病，總算找到一個靈驗的。」

「你把我害慘了。」

「這話從何說起，為了治你的病，我答允那儒生送給他一半財產……」

「啊！」

「怎麼，不值得嗎？難道你不願意恢復記憶？」

「恢復記憶有什麼好？我本來自由自在、心情開朗，走到哪裡算到哪裡，什麼都不記得，什麼負擔都沒有。如今你們把我弄回來了……。」

「弄回來怎麼樣？」

「我又記起來很多事。」

「正是要你記起來從前的事啊。」

「我又記起張叔曾趁爸爸死去侵佔我們的地、牛旺曾經欺負我、牛嫂與郭田私通、你爸爸當年看不起我……所有的恩怨又都回到我的腦子裡來，我每次看到這些人心中有氣、心情不樂、不能自由自在……。」

「聽你的口氣，我忙了幾個月找人醫好你的病，竟然還做錯了。」
「你可能是做錯了。那位什麼儒生在哪裡，你去叫他來。」
「我就在這裡！」不知何時儒生已站在一旁。
「你來得正好。」
「你可是想後悔送我半個財產的約定？」
「不是，我是想剩下的一半也送給你。」
「那是爲什麼？」
「要請你又把我變回原來健忘的狀態。」
「這話……不是在開玩笑吧。」
「當然不是。」
「哈哈！這眞是奇事，天底下只聽說替人治病的，沒聽說替人把病找回來的。」
「哪一個是病？」
「您先前有病，喪失記憶，如今治好沒病了！」
「不對，我先前很快樂，如今覺得很不自在，不自在才是病。」

「這簡直是兒戲之言。」

「我有病沒病，自己知道，怎叫兒戲。」

「反正你要把病叫回來，我也無此本事。」

「看來，眞正的病，你也治不好，我那半個財產是白送你了。」

「唉，眞是不知好歹。」

華子抬頭，發現所有賓客，儒生，妻子都以責備的眼光看著他，他心中感到十分沮喪，頹然又坐回豬舍裡。自言自語：「豬啊，你們什麼都不記得，多麼幸福！」

（取材自《列子・周穆王》）

信你到底

我有什麼道理不相信你們？況且我自出生以來，就一直相信任何人，到現在都沒出過差錯。

從前，晉國有一個人名叫范子華。他是巨族的後裔，在晉國很有勢力，晉國的君王也很信賴他，因此使他位列三卿，卻可以不必天天上朝。他的勢力大到可以左右王廷的官位。他喜歡的人通常可以一路升官發財，他不喜歡的人也都難免遭到罷黜，失去官位。

范子華不但勢力大，家中也養了一群賓客，聲勢很大，遠近聞名。

禾生與子伯二人都是子華家中的賓客。一日外出，看看天已黑了，就投宿在一位農夫商丘開家裡。

商丘開是一位貧窮得快要沒飯吃的人，半夜裡聽到禾生與子伯在議論子華的富貴權勢，心中非常羨慕。心想我如此窮困，終難免餓死，世上既然有這樣富貴的人，又願意養賓客，我何不投奔他。也許他肯收留我，或賞賜我一些糧食擔回家也是好的。

商丘開主意既定，便借了一點乾糧，挑著籃子來到子華邸宅的門口，求見范子華。

子華的賓客都是豪族子弟，平日穿著漂亮的衣服，坐馬車來來去去，態度非常驕傲。他們看到商丘開是一個糟老頭子，衣服破舊，面目黑黃，知道他是老實的鄉下人，就百般地戲弄他。但商丘開因爲認定子華是個不得了的人，根本沒有想到子華的賓客會戲弄自己這個鄉下人，所以根本也不覺得有什麼不對，一直笑咪咪地和他們說話。

賓客們見戲弄無效，就帶他到一處高台，然後說：「有人能從這裡跳下去，就可以得到一百個金幣的賞金。」商丘開信以爲眞，撲通就跳下去了。大家以爲這一跳大概不死也會受傷，卻見商丘開好好地爬了起來。大家覺得很奇怪，這麼高的地方跳下去，怎麼沒有受傷呢？但想想也許商丘開只是一次運氣好，剛好沒有摔傷而已，也就不放在心上。

賓客們又將商丘開帶到河流彎曲的地方。這地方水勢急、水又深，最是危險的地方。賓客們指著水深處說：「那水流下面有價值連城的珠子，你若能跳下水去把它撈上來，那珠子就是你的了。」商丘開聞言，毫不猶豫撲通跳下去了。賓客們面面相覷，覺得有些意外。這傻子，居然叫他做什麼他就做什麼，被人害死都不知道呢！其中也有些心軟的賓客覺得這玩笑是否開得太過分了。萬一那傻子眞的被淹死了，豈非罪過。

但過不了多久，商丘開又浮上水面了，而且手中眞拿著一顆明亮的珠子。大家看見，都爲之一驚，怎麼騙他水裡有珠子，他卻眞的找到了一顆珠子！這人的運氣實在也太好了！

這時賓客們開始懷疑商丘開可能是有些道術，就把這事告訴子華。子華聽說就把商丘開正式編在賓客名單中，給他一份次級的肉食及衣帛。

有一天，子華有一棟倉庫著火了，火燃燒得很猛烈，子華對倉庫裡所收藏的錦布很捨不得，就對商丘開說：「倉庫內有很多錦布，你若能冒火進去搬出來，我可以重重賞你。」商丘開聞言，飛也似地闖入火海之中，過了一會兒抱著一大堆錦布回來，又返身撲進去，又出來。如此進出了好幾回，搬出來很多錦布，身上一點都沒有燒著，神色安閑。

大家此時直覺得商丘開是一個道術很深、假裝鄉下佬的人，紛紛向他下拜，異口同聲地說：「原來你是活神仙，我們有眼不識泰山，還百般戲弄你。你卻假裝不知，屢顯異能，大概你心中覺得我們才是一群瞎了眼的傻瓜了。我們實在很慚愧，請你老人家不要生我們的氣，教教我們你的道術吧！」

商丘開此時卻很惶恐地說：「我哪裡有什麼道術，我只是一個鄉下來的丐夫，來這裡是爲了借一點糧食。」

「你老人家還在生我們的氣，所以不肯說實話。」

「我說的句句都是實話。我一輩子沒騙過人，也沒想過有人會騙我。」

「啊，我們騙了你，自然是我們的不對。但你老人家從高台跳下來不受傷、潛水就能拿到珠子，一定是有道術的了。」

「沒有。我跳下去，因爲你們叫我跳下去。我心想，你們都是子華先生的賓客，你們叫我跳，自然是可以跳的。」

「慚愧。那水中的珠子哪裡來的？」

「那珠子不是你們本來就知道在那裡，才叫我下去拿的？」

「很對不起，我們其實並不知水中有珠。還有，你走進火裡，毫髮未曾受傷，當然是靠道術保護了？」

「沒有。」

「說實話，我起初是有點怕，但我想既然連子華先生都叫我進去，這火當然是傷不了人的。於是我就走進去了。」

「眞的只是這樣？」

「眞的只是這樣！」

「這太不可思議了。你爲什麼那麼相信我們呢？」

「我有什麼道理不相信你們？況且我自出生以來，就一直相信任何人，到現在都沒出過差錯。」

「好福氣的人！我們竟然騙了你，實在罪過。你現在還相信我們嗎？」

「如果你們說不再騙我，我自然相信你們，但我可能不敢潛水或走進火裡去拿錦布了。」

「這是我們的錯，我們辜負了你對我們的信任。」

「其實也沒有關係，想想其實潛水入火都很好玩。也許你們只是好意，逗我玩玩……。」

（取材自《列子．黃帝篇》）

窮神問答

可不是嗎？但後來世界變了，人們嫌貧愛富，競相蓋高樓、穿錦衣、吃魚吃肉，不再思考人的道理與治國的責任……我們窮神也就受到冷落，許多人嫌我們，希望擺脱我們……。

從前，有一個人名叫揚雄。揚雄才華很高，但做官官運不好，一輩子都很貧窮。曾經貧到無法生活，就搬到深山裡去住，住在山谷之中，周圍都是些叫化子，生活在半飢餓狀態。

一天，揚雄左思右想，覺得別人都富貴發達，爲什麼自己一直都這麼窮呢？他聽說貧窮是因爲和窮神在一起才會窮下去。但這窮神又爲何老是跟著自己不到別處去呢？他決定把窮神找來，面對面與他談判。

他找來窮神，對他抱怨：

「你這位窮神，你在這世界上，上下四方哪裡都可以去。我和你非親非故，既不是鄰居，也無什麼情誼，你卻老是住在我家中，跟著我不肯離開，這是什麼意思呢？」

「我跟著你，你還不高興嗎？」

「我當然不高興了！」

「爲什麼不高興！」

「你跟著我，我就一直貧窮，別人都吃大魚大肉，我永遠只吃野蔬山草，家徒四壁，不敢和親戚來往，沒有衣服可穿，每天還要做一大堆笨重的工作，做得手脚都擦傷了。常常在山野之間衣服都不蔽體，我到底有什麼罪，該受這樣的苦？我爲了逃避你，搬到山巖裡來住，你仍跟著我，我逃到海上，你也還是隨著我，請問你，你到底要跟著我，跟到什麼時候？」

「這麼說，你是很想趕我走了？」

「這個，自然。」

「你既要我走，那麼我也可以走……」

「眞的，謝謝你了！」

「且慢！」

「又怎麼了？」

「走是要走，要把話話說完才走。」

「還有這麼多嚕囌，有什麼話，就快說吧！」

「你雖不歡迎我，可是我窮神也不是像你所說只讓人受罪的。」

「你還讓人飛黃騰達嗎？」

「話不是這樣說。」

「該怎麼說？」

「從前我的曾祖父……」

「哎喲，要談你家的歷史？」

「不要急，我的曾祖父曾與堯相處……」

「這也可能，所以堯帝一生都貧窮。」

「貧窮並不是重點……」

「什麼才是重點！」

「堯與我曾祖父相處，住在泥土屋子裡，只吃山蔬野草，從未抱怨……」

「慚愧！」

「那堯每天讀書、思索……」

「思索如何脫離貧窮？」

「不是。思索如何致天下於太平，讓人民安居樂業。」

「他貧窮時就想這種事？」

「不錯，所以他後來做了皇帝好像不大費力，因爲很多事情他早已想好了。」

「原來如此。」

「其所以能如此，就是因爲他與我曾祖父住在一起。」

「怎麼見得？」

「設若他不與我曾祖父在一起，早就發財，住在華屋裡，穿著文綉衣服，他就會一心一意追求享受，不會去思索國家人民的事情。」

「哦……有這樣的事。」

「所以當時，像堯、舜，以及孤竹君的兒子伯夷、叔齊等人都十分敬重我的祖先。在那時代，人人安貧樂道，天下清平……」

「啊，聽起來好美麗的世界！」

「可不是嗎？但後來世界變了，人們嫌貧愛富，競相蓋高樓、穿錦衣、吃魚吃肉，不再思考人的道理與治國的責任……我們窮神也就受到冷落，許多人嫌我們，希望擺脫我們……。」

「這個……」

「我之所以老跟著你，因爲你還粗通文字，寫過〈甘泉〉、〈羽獵〉、〈河東〉等賦。以爲你尚有古君子之風，大概還能與我相處愉快，在貧窮中冷靜思考人生的意義……」

「是是，我大概還不到那種境界……」

「如今你既抱怨，顯然我是看錯了人了。你既要逐客，我又何必戀棧，就此告別……。」

「且慢……」

「我先前思慮不周，多有冒犯之處。如今聽你說來，茅塞頓開，想人生百年，貧窮之中也有樂趣，何必如此。你我既已相處多年，還望留下來，以全始終……。」

自此揚雄與窮神相處愉快，繼續寫作，成爲漢代大辭賦家。

（取材自揚雄〈逐貧賦〉）

國家圖書館出版品預行編目資料

人生高手／謝鵬雄著・-- 第一版.
-- 臺北市：文經社，1999（民88）
面；　　公分. --（文經文庫；154）
ISBN 957-663-230-7（平裝）

857.63　　　　88001901

文經社

文經文庫 154

人生高手

著 作 人一謝鵬雄
責任編輯一管仁健　　封面設計一洪明慧

發 行 人一趙元美
社　　長一吳榮斌
總 編 輯一王芬男
主　　編一管仁健
美術設計一莊閔淇
出 版 者一文經出版社有限公司
登 記 證一新聞局局版台業字第2424號
＜總社・編輯部＞（文經大樓）：
地　　址一台北市 104 建國北路二段66號11樓之一
電　　話一（02）2517-6688（代表號）
傳　　真一（02）2515-3368
＜業務部＞：
地　　址一台北縣 241 三重市光復路一段61巷27號11樓A
電　　話一（02）2278-3158・2278-2563
傳　　真一（02）2278-3168
郵撥帳號一05088806文經出版社有限公司
印 刷 所一松霖彩色印刷事業有限公司
法律顧問一鄭玉燦律師　（02）2369-8561
發 行 日一1999年 4 月第一版　第 1 刷
　　　　　1999年 8 月　　　　第 3 刷

定價／新台幣 220 元　　Printed in Taiwan

文經社

文經社

文經社

文經社